导盲犬珍妮

陈燕 著

人民文学出版社

图书在版编目(CIP)数据

导盲犬珍妮 / 陈燕著.—北京：人民文学出版社，2017
ISBN 978-7-02-013304-8

Ⅰ.①导… Ⅱ.①陈… Ⅲ.①传记文学—中国—当代 Ⅳ.①I25

中国版本图书馆CIP数据核字(2017)第213494号

责任编辑	陈彦瑾
装帧设计	崔欣晔
责任印制	王景林

出版发行		人民文学出版社
社	址	北京市朝内大街166号
邮政编码		100705
网	址	http://www.rw-cn.com
印	刷	三河市西华印务有限公司
经	销	全国新华书店等
字	数	144千字
开	本	880毫米×1230毫米　1/32
印	张	7.25　插页7
印	数	1—10000
版	次	2018年1月北京第1版
印	次	2018年1月第1次印刷
书	号	978-7-02-013304-8
定	价	35.00元

如有印装质量问题，请与本社图书销售中心调换。电话：010-65233595

我是盲人的眼睛——导盲犬

我的妈妈陈燕是中国首位女盲人钢琴调律师

我的使命就是给爸爸妈妈当眼睛

爸爸妈妈祝我四岁生日快乐

我领着妈妈过马路

我带妈妈登上了长城

我参加2010年广州亚残会

北京电视台《青年榜样》节目报道我和妈妈的故事

我和妈妈去幼儿园义务宣传导盲犬

世界小姐张梓琳参加支持导盲犬畅行的公益活动

我和妈妈在南宁孤儿学校励志演讲

我和妈妈在打工子弟学校励志演讲

妈妈每年都带我去海南三亚度假，因为我喜欢那里的草地

我是妈妈的眼睛，请不要拒绝我

我和妈妈会一起努力,相信明天更美好

目 录

序　点亮黑暗中的心灵之灯　王靖宇　001

引言　两个不能分开的灵魂　001

第一章　妈妈，我是你的眼

　　妈妈，就让我做你的眼，带你领略四季风景的变换，带你穿越熙攘的人潮，让你看见，世界就在你眼前。

你是我的圆心　007
妈妈，我来保护你　010
高兴看见你的笑　013
你上班，我工作　017
跳河事件　019
妈妈和我"斗智"　024
盲人的节日　027
假如给你三天黑暗　029
陪你一起看海　033

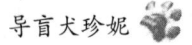

守候在你身边　042

第二章　生下来,我就有自己的使命

> 我不是一条普通的狗,我生下来就有自己的使命——当盲人的另一双眼睛。

难忘故乡　049
幸福的"早教班"　052
严师出高徒　055
我有我的自由　059
风光的明星犬　062
毕业的惆怅　066
初识新主人　068
和新妈妈相处　071
告别家乡　078

第三章　妈妈,你真了不起

> 每一个盲人,在那沉默的双眼后面都有一个又一个爱恨交织的悲欢故事。

生命中最重要的人　083
初尝别样风和雨　086
学艺谋生难上难　088
信心比黄金珍贵　092
大爱无疆情无价　096
我的幸福我做主　102
有梦就会有希望　107

第四章　有家,就有爱和欢笑

　　　　家是爱的港湾,是快乐的城堡,有家就有爱和欢笑。

我有了新家　　117

任性的孩子　　120

妈妈,我想你　　122

野游一日　　126

婚礼进行曲　　132

山西之行　　135

郭珍妮的幸福生活　　141

洒满阳光的路上　　144

我的志愿者　　147

我们是一家人　　149

第五章　你对我的好,我全都知道

　　　　妈妈,我知道你把我当成手中的宝,你对我的好,我全都明了。

爱我的爸爸　　155

生的希望让给我　　157

珠联璧合是"天才"　　158

生日快乐　　163

千里"省亲"　　167

只能宠我一个　　172

爱你一生一世　　178

下辈子的约定　　180

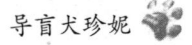

第六章 我和你一起,呼唤爱

　　妈妈,我不向往门里的风景,不怕自己站在外面等你,我只怕你一个人进去后的无助和孤寂,我只是想陪你一起……

面前关上的门　　185

脚下漫长的路　　189

谁来帮助我们　　193

珍妮在哭泣　　195

当第一个吃螃蟹的人　　196

那些冷漠的心　　202

飞飞历险记　　206

导盲犬的烦恼　　209

理想宣言　　211

向梦想出发　　215

后记　明天一定更美好　珍妮粉丝团　　221

序 点亮黑暗中的心灵之灯

根据2006年第二次全国残疾人抽样调查数据公报,目前我国共有视障人士一千六百九十一万,使用导盲犬的视障人士不足十万分之一。导盲犬不仅是方便视障人士出行、提高其生活质量的工作犬,更是视障人士这个弱势群体心理的重要支撑及感受社会关爱的伴侣。导盲犬的意义不仅是为使用者提供导盲服务,而且是社会文明的标志,是社会福利和关注弱势群体的体现。

我的团队于2004年9月开始进行导盲犬培育与应用的研究,2006年末有两条导盲犬交付视障人士使用,开创了我国导盲犬事业的先河,目前已培育了二十八只导盲犬。

在我国,与导盲犬相关的书少之又少,以导盲犬作为第一人称来写的书前所未有。认识陈燕是先闻其声,再识其人。《听见——陈燕的调律人生》讲述她为了让大众接受视障人士调律所付出的艰辛和努力,经过十七年的不懈努力她成功了,这是她的第一个梦想。现在,她有了导盲犬珍妮,又有了第二个梦想——让更多的人了解导盲犬、接受导盲犬。

人们常说,爱动物的人心地都是善良的。因为看不见,陈燕小时候没有朋友与她一起玩,很多时间是由猫陪伴成长的,她对猫的熟悉程度超过一般健全人,她还可以摸着猫的样子用笔把它们画出来。都说视障人士的世界是没有色彩的,但她偏偏要证明"阳光、色彩和世间万物在视障人士的心中比在任何一个健全人的心中更加绚丽"。陈燕有了珍妮之后，说她的世界变得有颜色了，说珍妮就是她的眼睛，替她来看世间万物。

导盲犬珍妮曾在2010年上海世博会的生命阳光馆中进行过展示，并参加过2010年广州亚残会的开幕式，"狗通人性，善解人意"的本质在她的身上体现得淋漓尽致，珍妮被大家亲切地称为中国导盲犬大连培训基地的明星犬。

中国有很多民众对导盲犬及相关知识几乎不了解，以致导盲犬成了视障人士出行的一种障碍。听一位出行受阻的视障朋友说，导盲犬在他居住的城市不允许乘公交车、不能坐地铁，甚至连公园、商场都不允许进入，原因就是这些地方禁止犬只进入。可导盲犬是视障人士出行的一种必备工作犬，它们并不是人们饲育的宠物犬。

导盲犬的祖先八代以上为人工饲养并接受过良好的训练，没有攻击人及动物的记录，而离乳后要寄养在爱心家庭进行一年的社会化训练，和人培养良好的感情和信任，之后再到导盲犬基地进行六个月以上的专业培训，考核成绩合格的才能成为导盲犬。

导盲犬能方便视障人士独立出行，点亮了黑暗之中的心灵之灯，是人类的忠实朋友。狗能如此，健全人更应责无旁贷，为构建和谐社会贡献自己的力量。国际上规定，一个国家百分之一以上的视障人士使用导盲犬，才能称为导盲犬的普及。面对我国视障人士庞大的群体，我们的导盲犬培训工作任重道远。在此，我要深深感谢陈燕以及帮助中国导盲犬事业发展的人们。

本书以珍妮的口吻讲述了她与主人之间的故事，其中的酸甜苦涩都是她们一生最珍贵的回忆。值此仲秋绚丽多彩之际，祝愿陈燕与爱犬珍妮明天更好！

王靖宇（大连医科大学教授，"中国导盲犬之父"）

引言 两个不能分开的灵魂

一个盲人带着导盲犬过街时,一辆失去控制的大卡车直冲过来,盲人当场被撞死,导盲犬为了守卫主人,也一起惨死在车轮底下。

主人和狗一起到了天堂门前。

天使拦住他俩,为难地说:"对不起,现在天堂只剩下一个名额,你们两个中必须有一个去地狱。"

主人一听,连忙问:"我的狗又不知道什么是天堂,什么是地狱,能不能让我来决定谁去天堂呢?"

天使皱起了眉头,她说:"很抱歉,先生,每一个灵魂都是平等的,你们要通过比赛决定由谁上天堂。"

主人失望地问:"哦,什么比赛呢?"

天使说:"比赛很简单,就是赛跑,从这里跑到天堂的大门,谁先到达目的地,谁就可以上天堂。不过,你也别担心,在这里,你和活着的时候不一样,你的眼睛已经能看见了。而且灵魂的速度跟肉体无关,越单纯善良的人速度越快。"

主人想了想,同意了。

天使让主人和狗准备好,就宣布赛跑开始。她满心以为主人为了进天堂,会拼命往前奔,谁知道主人一点也不忙,慢吞吞地往前走着。更令天使吃惊的是,那条导盲犬也没有奔跑,它配合着主人的步调在旁边慢慢跟着,一步都不肯离开主人。原来,多年来这条导盲犬已经养成了习惯,永远跟着主人行动,在主人的前方守护着他。

天使看着这条忠心耿耿的狗,心里很难过,她大声对狗说:"你已经为主人献出了生命,现在,你这个主人的眼睛已经能看见了,你也不用领着他走路了,你快跑进天堂吧!"

可是,无论是主人还是狗,都像是没有听到天使的话一样,仍然慢吞吞地往前走,好像在街上散步似的。

果然,离终点还有几步的时候,主人发出一声口令,狗听话地坐下了,天使用鄙视的眼神看着主人。

这时,主人笑了,他扭过头对天使说:"我终于把我的狗送到天堂了,我最担心的就是它根本不想上天堂,只想跟我在一起……所以我才想帮它决定,请你照顾好它。"

天使愣住了。

主人留恋地看着自己的狗,又说:"能够用比赛的方式决定真是太好了,只要我再让它往前走几步,它就可以上天堂了。不过它陪伴了我那么多年,这是我第一次可以用自己的眼睛看着它,所以我忍不住想要慢慢地走,多看它一会儿。如果可以的话,我真希望永远看着它走下去。不过天堂到了,那才是它该去的地方,请你照顾好它。"

说完这些话,主人向狗发出了前进的命令,就在狗到达终点的一刹那,主人像一片羽毛似的落向了地狱的方向。他的狗见了,急忙掉转头,追着主人狂奔。满心懊悔的天使张开翅膀追过去,想要抓住导盲犬,不过那是世界上最纯洁善良的灵魂,速度远比天堂所有的天使都快。

所以,导盲犬又跟主人在一起了,即使是在地狱,导盲犬也永远守护着它的主人。

天使久久地站在那里,喃喃说道:"我一开始就错了,这两个灵魂是一体的,他们不能分开……"

第一章　妈妈,我是你的眼

妈妈,就让我做你的眼,带你领略四季风景的变换,带你穿越熙攘的人潮,让你看见,世界就在你眼前。

你是我的圆心

妈妈是个盲人,她看不见这个世界,我就是她的眼睛。

妈妈的家在北京的北边,所在的小区号称是亚洲最大。这里的常住人口是三十万。小区很复杂,高楼林立,而且这些楼长得一模一样。一旦迷失了方向,回家就是件难事了。虽然妈妈在这里已经住了七年,但从来没有在周边转过。自从我来了,妈妈才有了在小区里走走的习惯。

妈妈的定向行走能力非常强,以至于别人总是把妈妈误认为健全人,但我知道,妈妈根本看不到眼前的一切。我和妈妈交流不能用眼神,只能用动作和声音。

我和妈妈之间的交流有很多别人听不懂的词汇,比如,只要妈妈对我说,咱们去那个好听的地方,我立刻心领神会地领着妈妈向她的钢琴行出发;她说去好吃的地方,就是去超市;她说去好玩的地方,就是去公园。妈妈的口令总是与众不同。

每天早晨五点半,我准时叫妈妈起床,带她去附近的公园锻炼身体。有时候她赖在床上不理我,我也有自己的办法,用长嘴拱她,用湿漉漉的鼻子闻她,妈妈就只好起来了。

公园很大,听说绕一圈要两个多小时呢。里面的路都是环形的,一环绕一环。妈妈对环形的路是最不敏感的,基本上找

我是妈妈的眼睛

第一章 妈妈,我是你的眼

妈妈,你放心跟着我吧

不到方向。没关系,现在有我呀。我认识路,去过一次我就不会忘记。妈妈,您就放心地跟我走吧!这个时候,我最兴奋了。我喜欢在空旷地带无拘无束地奔跑,这是动物的天性。

公园里有妈妈喜欢的秋千、滑梯、跷跷板,还有一些健身器材。每次到了公园,妈妈总是让我先看着她荡秋千,然后才跟我玩球,她说这是在磨炼我的耐心。每次她荡秋千时,我都冲她哼哼,还故意往她身上扑,扑得秋千荡来荡去。

妈妈还带着我滑滑梯,第一次玩的时候,她说:"我听说坐飞机有个规定,如果遇到紧急迫降,要放弃导盲犬,给人留出宝贵的逃生时间。人都是从迫降滑梯中逃生的,我试试你会不

009

会。"妈妈把我带上滑梯,让我往下滑,我不动。她看我不动就自己滑了下去,我紧随其后也滑下去了。妈妈又带我来到螺旋形的滑梯上面,我还是不往下滑,但妈妈只要一滑,我就跟在后面。妈妈在前面喊开了:"大黑狗!这滑梯滑得慢,你想砸死我呀?"妈妈呀,你真是不了解我,你在我心里一向是至高无上的,我永远也不会背叛你,你去哪里我都会跟上的,绝不考虑是否危险。真不知道那个拟定航空法的人是怎样想的,肯定是不了解导盲犬,坐在办公室里闭门造车。如果飞机紧急迫降,主人走了,不让我们跟着,嘿嘿,到时候看谁能拦得住对主人忠心耿耿的导盲犬?

走累了,玩累了,妈妈就坐下来休息,我从远处叼来几块石头放在妈妈面前,围着她转来转去。妈妈很快就明白了我的心思,她说:"你的老师说过,在休息的时候你就喜欢叼石头来,让老师扔出去,你再叼回来,这是你最喜欢的游戏。可是我看不见,扔石头也许会伤到你,我可不敢和你玩这种危险游戏。"我就乖乖地趴在妈妈脚边,看着远处的山峰、近处的怪石,偶尔还看到有小松鼠跑过,可惜的是我亲爱的妈妈却看不到如此动静兼美的画面。

妈妈,我来保护你

离小区不远有一所郊野公园,说不远,从家走过去也得四十分钟。因为这个公园地偏人稀,妈妈偶尔带我过去,想让我在这个空旷的地方能散散心、撒撒野。

有一天,妈妈带着我去郊野公园,刚走到半路,对面来了一只立耳朵的黄黑相间的大狗,身材足足是我的一倍。那家伙看了看我们,忽然像是发了疯似的,猛然间张开大嘴,咆哮着向妈妈扑来。眼看大狗就要扑到妈妈身上了,我不假思索地迎着大狗扑了过去,用自己的身体挡住大狗。妈妈听着疯狂的狗叫声,仿佛吓傻了,呆愣在一边。

大狗又高又猛,一下就把我扑倒在地,两排尖利的犬牙在我后背上狠咬一口。好痛!我第一次尝到了皮开肉绽的滋味!在学校,我学这学那,却从来没有学过打架。我想跑,可我跑了,妈妈怎么办?我不能让妈妈受到任何伤害!想到这里,我身上不知从哪儿冒出一股猛劲,猛地翻过身来,我弹跳起来把自己的身体当成炮弹,向着那条大狗砸去。那条大狗被我的狠劲吓住了,闪到一边,心虚地冲着我狂叫。大黄狗看我要和他拼命,便落荒而逃了。

大黄狗跑了,体力不支的我忍着背上的疼痛,拖着软软的腿,慢慢走到妈妈身边,无力地用鼻子拱了拱妈妈的腿。妈妈的脸都吓白了,她伸手抱住我,颤巍巍地在我身上摸来摸去,她的手指沾到了我后背上的那片潮湿。妈妈把手放在鼻子上闻了闻,一串串泪水掉了下来。妈妈啜泣着说:"珍妮,都是因为我,你才受伤的呀。"我用长长的舌头舔去妈妈的眼泪,心里说:"妈妈别哭,你是我的妈妈呀,我要保护你!"

此后,妈妈每天都带我去医院换药,每次换药的时候我都疼得全身颤抖,妈妈就不停地往我嘴里塞我喜欢的食物。我的

为保护妈妈,我受伤了

疼痛在身上,而妈妈的疼痛在心里,我每次换药妈妈都抱着我泪流满面。

我强装不痛的样子给妈妈舔干眼泪。"妈妈别哭了,我不怨你,再遇到危险我还会保护你的,这是我的使命。"

自从我受伤以后,妈妈就和我寸步不离了,白天她推掉了工作在家陪我,晚上爸妈就把我抱到床上睡。爸爸说我是家里的功臣,他们精心呵护我是应该的。我很喜欢上床睡,并不是我的垫子不舒服,而是上床是一种地位的表现。我小时候就喜欢到柔软舒适的床上睡,当然,是在家里没人的时候才敢享受一把。

我后背伤得不轻，暂时不能玩球了，每天早晨妈妈会带着我在门口慢慢地散步。她怕我寂寞还给我买了很多玩具，有飞碟、汽车、功夫熊猫等。我最喜欢那个黄色的飞碟，妈妈说等我好了，她就和我玩飞碟。

妈妈，就如你说的，只有家人才会替自己挡危险。你是我的妈妈，是我的亲人，我当然要保护你啊！

高兴看见你的笑

天通苑西三区的超市发超市，是我在北京进入的第一家、现在也是唯一一家超市。能进入超市，中间还有个曲折的小故事。

我刚跟着妈妈来到北京的时候，妈妈以为导盲犬就是盲人的眼睛，中国也有法律，导盲犬可以进入公共场合，所以妈妈就想当然地认为我这个导盲犬带着她哪里都能去呢。但我来北京一个月，妈妈就充分体会到，带着我这个导盲犬真是哪里都不能去的。因为大家都不知道什么叫导盲犬，更不知道什么法律允许导盲犬进入超市商场饭店等等的规定了。就是妈妈常去的那个超市都不让我进。我带着妈妈到了超市门口，保安叔叔拒绝我入内，如果妈妈自己去买东西，她怕我在门口等会丢了。后来妈妈想了一个好办法，她总是说：不是大家不守法，也不是大家不善良会拒绝导盲犬，是大家不了解。那天，妈妈联系了北京电视台、《法制晚报》和《新周刊》的

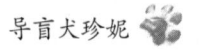

记者,还有天通苑西三区的居委会主任,我们这支壮观的队伍,浩浩荡荡地来到了超市。妈妈想让他们亲眼见识一下我的本领。

我当然高兴。我虽然没有进过北京的超市,但在大连的时候,我带着妈妈去过医科大的超市,不论妈妈提出要什么,我基本上都能找到。如果要买的东西不是我经常看到的,也难不倒我,只要去之前让我看看要买的东西就OK了。不过妈妈有时候存心难为我。在大连训练的时候,有一次,她当着我的训导师让我找牙膏。本来这个不难,但是妈妈出门之前让我看的是没有包装盒的牙膏,到了超市我找了个遍,也没看见一头是圆的、另一头是扁的、带盖的塑料管。老师告诉妈妈:"珍妮是导盲犬,她只接受导盲的训练,别的本领是不会的。导盲犬跟了盲人,会根据盲人的需要长本事的,经过长期磨合才能跟主人配合默契。"我无地自容地躲进妈妈怀里,你竟然当着我的老师让我出洋相?

在超市里,电视台记者让我找酸奶。这太容易了,虽然没有来过这家超市,但对我来说,一点困难也没有。我用灵敏的鼻子这边嗅嗅,那边闻闻,没多会儿就停在酸奶、牛奶专柜前。妈妈拿起一瓶牛奶,用英语问我:"珍妮,这是妈妈喝的酸奶吗?如果不是,你就站着;如果是,你就坐下。"我看了看,不是妈妈经常喝的牌子啊,站着吧。妈妈又拿起另外一瓶问我,我一看,这回对了,便乖乖坐下了。

《法制晚报》的叔叔也给我出了道题:找饼干。围观的人群里有人窃窃私语:"饼干没有气味,看大黑狗怎样找?"哼,太小

我带妈妈逛超市

我带妈妈买酸奶

瞧我了,多年的训练可不是白来的,我可是身怀绝技啊!我又找到饼干区,妈妈拿起一包饼干问我:"珍妮,这是我要吃的饼干吗?是,就坐下;不是,就站着。"我没动。她又拿起一包,我看了看,坐下了。大家给我鼓起掌来。

不知是谁又出了道难题,让我找熟食。我站着没动,什么叫熟食呀?妈妈没教过。我抬头看妈妈,有些为难。不过,聪明的妈妈倒是有好主意,她弯下腰对我说:"珍妮,去找爸爸吃的肉。"原来,熟食就是熟肉呀。太简单了!我带着妈妈径直来到熟食柜台,我直接趴在了地上,你们也别难为我了,爸爸碗里的肉都是切成片的,而这里的都是圆的、长的,我哪儿知道你们把什么切成片呀,自己找吧。妈妈兴奋地摸着我的头,连连称赞:"Good."

记者们开始随机采访围观的群众,问他们能不能接受我进超市。大家你一言我一语,这个说我很聪明,能帮妈妈选东西;那个说我不乱吃超市的东西,也不咬人,多可爱呀!还有几个美女姐姐争着跟我合影……得到大家的夸奖,我都觉得不好意思了。超市经理也说:"原来心里没底,怕其他的顾客提意见。今天一看,珍妮还真乖,又非常聪明。她不会吃超市的东西,连闻都不闻,我们超市非常欢迎她来。"

听到这句话,妈妈的脸上绽放出异常灿烂的微笑,那笑容真甜,真美。我也为自己、为妈妈、为更多的盲人和伙伴们感到高兴,这是北京第一家欢迎我光顾的超市,相信以后会有越来越多的超市不再拒绝我们。

你上班，我工作

妈妈的调琴技术非常好,经常应客户之邀,为他们上门服务。这时候,爸爸总是提醒妈妈不要把我自己放在家里,他说狗最不喜欢自己待在家里了,呵呵,还是爸爸了解我。妈妈每次出门调琴,都找来志愿者爷爷陪我。可我还是想跟在妈妈身边,护送妈妈,这是我的使命啊!

妈妈有一个已经认识十多年的客户,这家的男主人是印度人,女主人很喜欢狗,家里有两个调皮可爱的孩子,还养了一条漂亮的博美犬。有一次,妈妈上门调琴,小白狗冲着妈妈汪汪大叫,主人的小女儿茉莉正在床上呼呼大睡。妈妈问女主人,狗叫声会不会吵醒孩子。女主人洒脱地说,没事,茉莉从小就听狗叫,一点也不影响睡觉。

这次去客户家之前,妈妈特意告诉女主人我是一只大狗,不同于她家的博美犬。女主人说:"没事,珍妮没有攻击性。我告诉两个孩子珍妮要来,他们都非常高兴,都盼着你们早点来呢。"

到了客户家,四岁多的小茉莉来开门了,看起来她一点也不害怕我。我领着妈妈到了钢琴边,然后乖乖地趴在地上注视着妈妈调琴。女主人直夸我听话。妈妈说:"如果我把导盲鞍给她摘掉,你们就不说她乖了。"女孩茉莉和男孩鹏鹏都想和我玩,已经迫不及待地希望妈妈把我的鞍子摘掉了。妈妈执拗不

我陪妈妈上班

过两个孩子,终于把我的鞍子摘了下来。我伸了个懒腰,跟着两个孩子在屋子里进进出出。

我玩小茉莉的滑梯、玩鹏鹏的足球,淘气的鹏鹏好像知道我的爱好,还专门拿出了一个小皮球,我玩得不亦乐乎。忽然"嘭"的一声,我一不小心,竟然把皮球咬破了,吓得胆小的博美狗一溜烟窜到了桌子下面。听见声音,妈妈赶忙问:"是珍妮咬破皮球了吧?"妈妈正要训我,女主人慌忙拦住说:"没关系,球有的是,再给珍妮拿一个。"

转眼的工夫,我又惹事了,我把鹏鹏的汽车拆坏了,叼着车轱辘满屋子跑。妈妈说我真是太不像话了!可是,这一家人都很开心,又哄着我玩别的,大约那只博美犬也很淘气,他们已经见怪不怪了。

临走时,一家人都恋恋不舍地对我们说:"常来玩呀。"妈妈苦笑:"常来倒是没问题,可我赔不起玩具啊!今天珍妮就咬坏了两个球、三辆汽车,再玩一会儿,还不知道把什么咬坏呢。"两个孩子都说:"不让您陪,我们喜欢珍妮,她很懂事,也不咬人。"

一家人送我们出了楼门口,我走一步一回头,我要永远记住这个好玩的地方,只要妈妈一下令让我去找鹏鹏玩,我就能准确地带妈妈去。送妈妈上班,既完成了我的工作,还能有小朋友和我玩,多好的日子啊!

跳河事件

妈妈是东城区盲人协会主席,协会有三千四百多位盲人,妈妈经常组织他们搞活动。上个月妈妈组织大家去采摘杏,一个六十多岁的老奶奶摸着树上的杏激动地说:"我这辈子还没有摸过树上的杏呢。"我听了好心酸,我真想把看到的世界告诉他们,只可惜他们听不懂我的语言。

今天,妈妈又组织盲人朋友在一个大公园搞活动。早上七点多,我们就到了公园东门,可检票员不让我进,说我是宠物,公园不允许宠物入内。妈妈拿出了我的工作证,工作人员有些为难，说要去请示领导。一会儿，领导打回电话说导盲犬也不让进。妈妈说："今天有八十多个盲人在公园搞活动，东城区和西城区的盲协主席都带着导盲犬，如果你们领导不让进，我们就叫记者来采访。"这位工作人员又说向领导汇报。一个小时过去了，我们一直在东门外等公园领导批准一个盲人能带着她的"眼睛"进公园。终于，领导发了善心允许我们进去了。

到了公园里，妈妈赶快整队、讲话。那些游园的大爷大妈和爷爷奶奶们看到我，觉得很新鲜，他们就你一下我一下地抚摸我，丝毫没注意我后背上的外衣正写着"工作中请勿打扰"一行字。

我和妈妈在公园

我和妈妈在跳舞

公园的领导们真应该来看看,你们说的那个游人怕狗的理由完全不成立。妈妈几次提醒大家:"导盲犬在工作中,请不要打扰。"可是根本没人听。妈妈怕我误认为工作中也可以和大家玩,就索性把我的鞍子取下来了,让我随便玩。妈妈带领大家唱歌,我开始跟着节奏汪汪大叫,妈妈制止我,我还是大叫,我也在唱歌呀。妈妈说:"你就不能老老实实蹲在我身边,一动不动?"我抱怨:"我也想乖乖地坐在你脚边,可那些游客总是摸我,我也没办法啊。"

我趁妈妈不注意往远处的河边走去。水面波光粼粼,真好看!我心里有点痒痒,一时兴起,"扑通"一声跳进了河里。一位

好奇的我

阿姨高喊:"不得了了,大黑狗跳河了!"妈妈和好几个人一起跑到河边,大家都很着急地说:"珍妮会不会淹死呀!"还有人脱衣服就要跳河里救我这个大黑狗。妈妈赶紧拦住大家,很平静地说:"珍妮会游泳,而且游泳技术很高,不用管她。"然后妈妈对着河里大声叫唤:"珍妮快上来!"我只好不情愿地爬上岸,真是的,我想游会儿泳都不行。见妈妈没有责怪我的意思,没走几步,我趁她不注意又跳到了河里。这下被妈妈逮了个正着,妈妈说:"拉布拉多你给我上来!我还以为你是不小心掉河里了,没承想你是故意的。"在水里游泳可有意思了,但妈妈真的急了,在岸上大吼,我也没心情玩了,只好顺从地游向岸边,走到她身边。妈妈一抬手:"你给我站到太阳下面去,不许动。"妈妈摸着我湿漉漉的毛说:"难道你认为刚才那么多人摸你,弄脏了你的'漂亮衣服',就想到河里去洗洗吗?每次组织盲人搞活动,我都是提心吊胆,恐怕大家看不见会出危险。这次大家一定会笑我,别人没出问题,我的'眼睛'却跳河了。"

我跳河游泳，妈妈没有责怪我

活动结束了,妈妈给我们学校的老师发短信,询问我为什么会做出这种怪异举动。我有什么情况,妈妈必须通报学校,妈妈总是说:"人家训练一只导盲犬不容易,要是在我这里出点问题就糟了。"很快,我们学校办公室的小秋老师回了短信,问妈妈我是不是戴着导盲鞍跳的。妈妈笑了,赶紧打电话过去,问小秋:"你是不是以为珍妮带着我跳河了?"小秋说:"我怕你受伤。""放心吧,现在水凉了,我可不想下去游泳,她没有戴着导盲鞍跳河。"小秋如释重负地舒了一口气说:"那我就放心了。没事的,珍妮会游泳,你就不同了。"

好妈妈,你放心吧,我做事是懂规矩的。

妈妈和我"斗智"

妈妈经常外出参加各种会议。开会,我知道,就是一个人说话,大家听着呗。

我们来到会场,妈妈坐在第一排,我趴在妈妈脚边。主持人说:"全体起立唱国歌。"与会者都站了起来,我也随着站起来,前面的人都笑了,我看着大家想:唱国歌这么严肃的事情,你们有什么好笑的,我看见大家都对着我指指点点,还有人说:全体起立,导盲犬也站起来了,她也想唱国歌呀,真好玩。我翘翘胡子,如果我会唱,一定唱,这有什么大惊小怪的。

会议正式开始,领导在上面讲话,我在下面哼哼。我问妈妈:"咱们什么时候去玩球呀?"妈妈听不懂,还掀开我的大耳朵说:"不许出声音,否则今天的晚饭就没了。"我只好闭上嘴。可是,真的好无聊啊,我忍不住问:"妈妈,咱们什么时候回家呀?"妈妈气得直瞪眼睛。

一回到家,妈妈就跟爸爸说我的坏话:"开会的时候,越安静珍妮越哼哼,我说她当时管用,一会儿还照旧。大家都不听领导讲话了,就关注我们。"爸爸说:"如果你管不了她,以后开会就别带她去了。"妈妈想了想,神秘地说:"我有办法了。"我很不服气,你能有什么办法让我闭嘴?除非把我的嘴粘上,不然主动权还是在我手里。

又过了几天,妈妈要到中国残联去录一个视频,这天上午

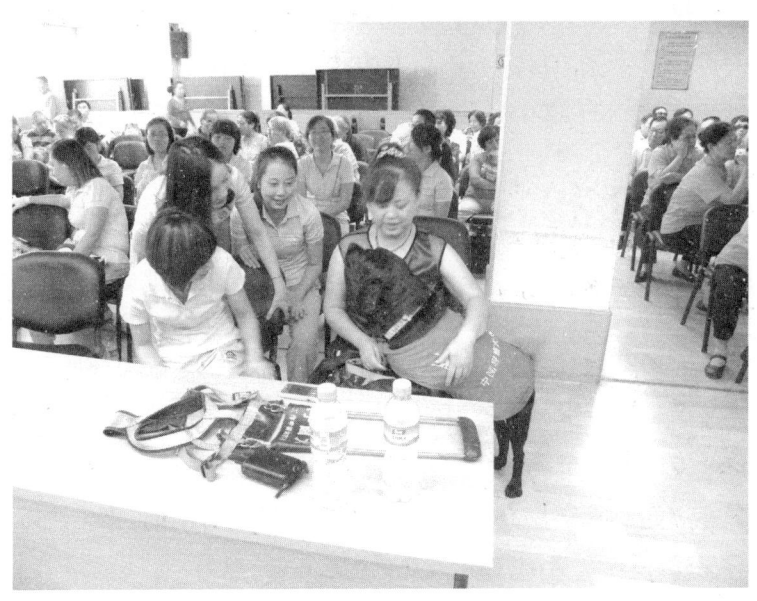

开会也撒娇

妈妈一反常态,她没去工作,而是陪我到公园玩球,真是太阳从西边出来了。每天妈妈只是在早晨和我玩一会儿,整个白天她都特别忙,几乎没时间搭理我。我只有经常把大爪子放在妈妈腿上,才能引起她的注意。可今天是怎么了?妈妈竟然有闲心跟我玩了,而且玩的时间特别长。她让我疯跑了一个多小时,然后租车带我到了中残联。

我们来到一楼大厅,妈妈让我找电梯,我顺利地找到了。嘿嘿,别人看了都夸我聪明。我们上了五楼,摄像机已经摆好了。片刻之后,领导们也陆续来了,有中国盲协的李伟洪副主席,还有北京按摩医院的院长……院长可是爸爸的领导呀!

摄像师开始录像。妈妈是代表钢琴调律这一行业的,大家积极讨论残疾人就业的事情。我趴在地上看妈妈,她对着镜头一点也不紧张,真像我,不论有多少人我都不会紧张的。可这时候,我管不了那么多了,上午玩球累得不行,没听几句就开始呼呼大睡。

睡梦中,我迷迷糊糊地感觉妈妈在摸我的头,我睁开惺忪的眼睛。妈妈说:"乖宝宝,你都睡了两个多小时了,咱们该回家了。"

回到家,妈妈立马跟爸爸汇报:"今天录像珍妮没哼哼,一点儿声音都没出。"爸爸很纳闷,珍妮不是这种风格呀。妈妈得意地说出了对付我的办法——疲劳战术。我这才恍然大悟,一下扑进妈妈的怀里面,原来你跟我玩球是有目的的,你怕我哼哼,就图谋把我累倒,你可真坏。

盲人的节日

每年的 10 月 15 日是"国际盲人节",这一天是盲人的节日。在第二十八届国际盲人节之际,妈妈带着东城区的盲人朋友们来到新落成的中国盲文图书馆庆祝节日,图书馆的工作人员热情地接待了我们。妈妈把自己画的猫赠给了图书馆,馆长送给妈妈一个读书机作为纪念。

妈妈安排大家听讲座,主讲人是已故表演艺术家新凤霞的女儿吴霜女士。她特别喜欢狗,来之前,她向中国盲人协会李伟洪副主席提出要看看导盲犬,我自然就坐在她的正前方了。吴老师讲得真好,大家不时地热烈鼓掌。

讲座结束后,妈妈又带领大家到图书馆内的口述影像馆,一起欣赏无障碍电影《叶问》。影片是有解说的,演到叶问打败对手给中国争光这一段时,大家不由自主地长时间鼓掌。我知道,盲人也很渴望走出家门,只是路上有太多的危险,才使他们的脚步游移不定,欲行又止。

看完电影,大家又开始参观图书馆,我带着妈妈兴高采烈地走在前面,我对陌生的地方总是特别好奇。妈妈用手看书,而我用鼻子看书。妈妈多次制止我这种在人类看来不文明的行为,她也不想想,如果我和她一样用手看盲文书,那书还不成筛子了?

在盲人体验黑暗区,我突然发现一个专供盲人踢的足球。

导盲犬珍妮

妈妈,我来带你瞧

这种球我很熟悉,去年在世博会的时候,我天天和盲人足球队的哥哥们踢球。如今再次偶遇熟悉的玩具我顿感亲切,我扑到球上抱住不放。妈妈说:"珍妮,在工作的时候不能玩,一会儿我去给你买一个。"我眼巴巴看着那个足球,恋恋不舍地跟着妈妈走了。

我领着妈妈来到展览馆,这里好玩的东西可多了。妈妈摸到了《大禹治水图》,她说:"去年在上海世博会,中国馆里有一幅《清明上河图》,好长好长的画卷,可惜我看不见。今天我终于能摸到图画了。"我带着妈妈来到鸟巢模型前,妈妈摸着鸟巢对我说:"在2008年,那时候你刚刚出生,我参加残奥会开幕式的演出。我们每天都去鸟巢排练,鸟巢里里外外每一个角落我们都走遍了,但怎么也想象不出鸟巢是什么样子的。今天我知道了,原来造型这么奇特啊!"妈妈还摸到了首都机场T3航站楼、飞机跑道、空客380型飞机、立交桥、动车……我带着妈妈零距离触摸她想象的世界,她似乎从未离这个世界如此之近。我突然觉得自己的工作很神圣,也很伟大。

妈妈生下来就没有看见过这个美丽的世界,我要领着妈妈在她听到的世界中寻寻觅觅,我每时每刻都要保护她的安全。这就是我——一只中国导盲犬的神圣使命。

假如给你三天黑暗

今天,妈妈给我的老师打电话,询问在全黑的情况下,我能看见什么。电话里的声音很小,我听不清老师说了些什么。我不知道妈妈为什么对这个问题感兴趣,我晚上带她走路也没让她摔跤呀!

中午,妈妈租车带我来到西单,同来的还有岩姐姐和雪姐姐。这里人来人往好不热闹,妈妈是不是要带着我逛商场呢?妈妈对我说:"妮妮,今天咱们去木马童话黑暗餐厅吃饭。"妈妈总是别出心裁,吃饭还找个有这么好听名字的餐厅,饭菜一定很好吃吧,我抬起长嘴碰碰妈妈:"如果真的好吃,能给我尝尝吗?"妈妈没理我,接着说:"走吧,那家餐厅进去就伸手不见五指了,都不知道你到底能不能看见。"我扑到妈妈身上,你就会拿拉布拉多开玩笑,不请我吃饭,还让大家围观我。

在黑暗餐厅门口

我们一行进入餐厅的半黑暗区,房顶和墙壁上到处贴着发夜光的装饰物,像有好多星星,漂亮极了。妈妈下口令让我继续往里走,到了全黑暗区,妈妈让我找座位。这里面真是黑。可我是鼻子、耳朵、眼睛并用的,我能在黑暗餐厅里看清所有的物体和人。我顺利地带着妈妈找到了座位。

妈妈让我带着她熟悉餐厅的环境,我带着她去餐厅的各个角落巡视,服务员戴着远红外眼镜看着我们,啧啧称奇。

餐厅服务员送餐来了,是西餐,这是妈妈的最爱。可同来的几个人就手足无措了,看他们在黑暗中忙乱无措的样子比香喷喷的食物还吸引我呢。当然,妈妈泰然自若,举止如常,因为她在哪里都是在黑暗中生活。可是其余的几位就乐子大了。岩姐姐从坐下那一刻,手就没闲着,她两只手到处摸,大有把餐厅摸个遍的意思。司机叔叔一动也不敢动,我从来没有看见过他这么老实。雪姐姐嘴急,用勺子在盘子里盛了一下就放在嘴里了,哈哈笑死我了,勺子拿反了,什么也没舀上来。她开始用手抓,弄得手上全是肉汤,我赶紧凑上去舔舔,好香。雪姐姐却说:"谁摸我手呢?"哈哈,是我大黑狗呀。岩姐姐在和盘子较劲,妈妈说:"你吃不到,就用手抓吧。"她说:"那多难看呀!"妈妈说:"你就是个完美主义者,这里谁能看得见呀。"岩姐姐想了想也是,便下手了。

我看见妈妈已经吃完了自己盘子里的食物,开始吃雪姐姐的冰激凌,可是雪姐姐一点都没有察觉。妈妈吃完了冰激凌,又对司机叔叔盘子里的面包感兴趣了,妈妈吃着面包有点口干,她举起勺子到岩姐姐的碗里舀来土豆汤一勺一勺地喝。当妈妈打饱嗝的时候,那三位还在跟盘子较劲呢。司机叔叔自言自语:"我怎么感觉还没吃几口就没了?"我笑得胡子都翘起来了,你再不抓紧吃,就什么都没有了。妈妈悠然自得地喝着咖啡说:"咱们大家终于平等了。"岩姐姐问:"什么意思?"妈妈说:"在有光的世界里,我看不到所有物体,可你们一目了然。咱们在一起说话的时候,我只能靠耳朵来判断喜怒哀乐,而你们能察言观色,这多不公平呀!在这个全黑的世界里,咱们都是靠听觉来判断,我终于和你们一样了。听着舒缓的钢琴曲,我感觉特别从容惬意。"

妈妈沉思片刻说:"我曾经在《听见》这本书里写道:有无数

妈妈画的猫

人问过我同样的问题,就是假如给你三天光明,你会做什么?我想过千遍万遍,但是今生我不可能有三天光明,我不可能看见这美丽的世界,也不可能有假如。我虽然没有看见过阳光、色彩、万物,但是我感觉听到的世界也很美丽。现在我有了一个想法,假如给你三天黑暗,你会怎样过?"大家沉默了,都在思考这个从未想过的问题。妈妈接着说:"人生中是没有假如的,不管是看得见,还是看不见;不管是富有,还是贫穷;不管是天生丽质,还是相貌丑陋;不管是健全人,还是残疾人,都应该珍藏昨天,珍惜今天,迎接明天。"

妈妈的话引起了每一个人的深刻思考。这种身临其境的体验使大家都开始反省和珍惜自己的生活。

两个小时后,在我的引领下,大家走出黑暗餐厅。司机叔叔说:"可见到光了,这辈子如果我看不见了,就只能跳楼了。"雪姐姐说:"如果把我抛进黑暗里,活着就真是没什么意思了。"岩姐姐说:"还是珍惜生命吧,人生真的没有假如,以后我会珍惜每一天的。"

离开黑暗餐厅前,妈妈把她用了九个小时画的猫送给了餐厅经理于爽阿姨。妈妈说:"当大家从黑暗中出来重见光明的时候,如果他们看见我的画,一个盲人画的画,他们也许会有很多感触,也许会更珍惜光明。"

陪你一起看海

我是在海边长大的,小时候,第一次来到大连的金沙滩,我就喜欢上了那片蔚蓝的海、那片金色的沙滩,连梦里,我都梦见自己在沙滩上奔跑,迎风踏浪。没想到,爸爸妈妈也喜欢海,或许,这就是上天所说的缘分吧。

我和妈妈都喜欢海

1997年，爸爸妈妈第一次来到黄金海岸便爱上了这个地方。爸爸说，虽然看不见大海的宽广，但能闻到大海的味道；虽然看不见沙滩的平坦，但能用脚感受到沙子的绵软。妈妈说，很渴望看见海面上的星星，它们在夜空中眨眼的样子一定很迷人。

晚上的时候，妈妈用微弱的视力看见的大海是模糊而漆黑的。当她转身往岸上走的时候，她惊呆了，岸上灯光点点，灯影幢幢，街上的路灯，宾馆的霓虹灯，汽车的车灯，光影交织，人影交错，树影婆娑，那些灯光在妈妈仅有残弱光感的眼睛里或隐或现，时明时暗。妈妈想，这也许就是大家说的看星星的感觉吧。

海边踏浪

从那以后,他们每年都来黄金海岸听大海、看星星。可惜妈妈在2010年一场车祸之后,眼睛全部失明了,那一点点光也没有了。这次出行,多了一个我。

火车不允许导盲犬乘坐,这次出行妈妈照例还是租车。妈妈为我的出行花了许多钱,真希望在我有生之年,中国的导盲犬能带着盲人畅通无阻,去哪里都有多种交通工具可供选择,那样妈妈就省钱了。爸爸妈妈都是盲人,挣钱不容易,他们不舍得给自己花钱,为我却很慷慨,我的好妈妈,我情不自禁地舔了妈妈一口。妈妈一边躲,一边嗔怪说:"大黑狗,不用你给我洗脸。"

六小时后,我们到了北戴河南边的黄金海岸。鳞次栉比的高楼不见了,取而代之的是一望无际的大海和广阔的沙滩,水面漫漫,海天相连,立时觉得天高地远,神清气爽。我欢呼着、雀跃着,在这无垠天地间纵情狂奔。

妈妈累了,躺在沙滩上,两只大眼睛里面映满了蓝色,像是天空的蓝,又像是大海的蓝。妈妈说:"每当我听着海浪声声拍打沙滩,岸边海鸥鸣叫,心中就会升起一种非常安宁静谧的感觉。你和我都喜欢大海,恰好大海边又是你的家,因为你我有更多的机会接近大海。"

我卧在妈妈身边,静静地看着她。我真希望时光在此刻停止,我们就这样静静地坐在海边,看着潮涨潮落,与世无争,就这样度过一生该多好呀!我知道,妈妈很渴望看到蔚蓝的大海、蔚蓝的天空,看到星星,看到我,我愿意把我看到的东西说给妈妈听,用我的眼睛帮助妈妈看看这美丽的一切。

天快黑了,海水是不是很凉呢?我用爪子探了探,海水是温的,水中残留着太阳的余温。爸爸妈妈要下水游泳了,而且去的是深水区。在学校,老师从来没有让我到过水深的地方,怕我万一带着盲人下水,那样很危险。妈妈逗我:"珍妮,我们去游泳了,你自己玩吧。"我有点着急,于是大声疾呼:"如果你们出了危险怎么办?我要保护你们!"可他们根本不理会我。无奈,我只好纵身一跃,也往深水区游去。我们拉布拉多犬游泳的本领不容小觑,我很快就追上了他们。我一会儿往妈妈身上扑,一会儿又扑向爸爸,在水里尽情嬉闹着。

　　夜幕降临,海面安静了许多,阵阵海浪拍打着沙滩,我陪着爸爸妈妈在海边散步。凉爽的海风拂面而来,吹乱了妈妈黑黑的长发,吹动了我黑黑的软毛。妈妈一只手挽着爸爸,另一只手牵着我,什么也不说,就这样默默地走着,地面上倒映着一家人亲密无间的身影。妈妈轻轻说:"珍妮,你看看天上的星星,像不像你的眼睛?虽然我看不到你,你却像星星一样,照着我脚下的路。"

　　我抬头看了看夜空中闪烁的群星,真的好美,如果妈妈也能看到该有多好!妈妈,有我在,以后每年我都陪你来看海,看星星!

　　第二天,爸爸妈妈带我去了位于昌黎县城的子俊家。十四年前,爸爸妈妈第一次来黄金海岸就住在子俊爸爸妈妈开的宾馆里。之后,他们每年都来,就和子俊一家成了好朋友。妈妈还跟子俊的姐姐玩过踢球游戏呢。后来子俊出生了,妈妈特别喜欢他,每年都去看他们。

第一章 妈妈，我是你的眼

子俊一家很好客，中午就留我们在他家吃蒸饺。可香了，我馋得口水都流出来了，可妈妈偏不给我吃，她说我有自己的粮食，妈妈总是在我的饮食方面小心翼翼，担心对我身体不好。我知道妈妈是为我好，但是美味近在眼前，却只能眼巴巴地看着，谁能禁得住这种诱惑？妈妈真有点狠心。

子俊说，他妈妈答应他开学之前带他来海边玩，可是后天就要开学了，这个承诺却还没有兑现。简直不可思议，他们离大海这么近，居然一个夏天都没来。在子俊的一番软磨硬泡和我妈妈的推波助澜下，子俊和他妈妈终于坐上了我们的车，和我们一起回到了黄金海岸。

妈妈说去年看上一个很大的彩色球，当时很贵就没有买，今年想看看便宜了没有。子俊的妈妈张阿姨帮她在一串卖小商品的摊位里找球，费了好大劲才找到妈妈想要的那一种。妈妈真是挑剔，什么球不能玩呀，非要一模一样的，真是完美主义者。

不过，说实话，这个球真的很漂亮。妈妈把它抛得老高，球在空中快速旋转，仿佛一朵盛开的五彩花。我奋力往上跳，跟妈妈抢球。爸爸看不过了，替我说情："球这么大，珍妮可能咬不破，就给她吧。"妈妈这才把球扔给我。这个球比西瓜还大，没有平日里玩的网球好咬，不过这也难不倒我，我用前爪牢牢按住球，将锋利无比的上牙往上一放，只用了一秒钟，耳边就发出了"丝丝"的声音，球就一点点瘪了下去。妈妈吼道："大黑狗，你怎么把球咬破了？"我没工夫理她。球在我口中越来越小，我一口咬住球美滋滋地甩来甩去。子俊似乎被我的鲁莽吓

妈妈和我玩球

住了,他问我妈妈:"她会不会咬我的救生圈呀?"妈妈说:"不会,她和你不熟,如果你和她玩熟了,你的圈就保不住了。"嘿嘿,知我者妈妈也。

他们开始轮流把我的破球往海里扔,我奋不顾身地扑向大海把球叼回来。周围的游客都来看我玩球,还有人说也想养一条大狗,把它带到海边,多浪漫呀!

一天很快过去了,我总搞不清楚一天的时间究竟有多长,如果玩,就觉得时间过得飞快,如果是工作就显得可漫长了。不知道人类是不是和我有同感?

晚上,我很快就进入了梦乡,一觉醒来天已大亮。妈妈抚摸着我的毛说:"今天咱们就要回家了,我看你很喜欢海,咱们多玩会儿,下午回家。"我高兴地抱住妈妈。妈妈却大叫:"你抓死我了。"真是不领情啊!

吃完早饭,我们来到海边。今天海浪比较大,为保证安全,爸爸租了两个游泳圈。如果单比游泳技艺,妈妈比爸爸强,不过她身体不好,也没敢逞强。其实若论游泳天赋,他们都比我差远了,我们拉布拉多可是世界公认的游泳健将,我只是轻易

妈妈往海里扔球,
我全力去追

哈哈,我咬到球了

谁也别想拿走

不显摆罢了。过了一会儿，司机叔叔拿回来两个黑色的游泳圈，爸爸戴上一个向深水区游去，我紧随其后。妈妈对司机叔叔说："珍妮肯定咬不破胶皮的圈，如果这个都能咬破的话，那她就能去咬汽车轱辘了，想不让谁走把他的轮胎咬破就走不了了。"

听妈妈这么说，我对那个黑色的圈圈更感兴趣了，偏要试试自己的牙齿有多锋利。我追着爸爸，用牙咬那个圈，确实很硬，但我没气馁，一口接一口地咬。爸爸见我在搞破坏，立刻舞动四肢加速奔逃。妈妈游了过来，对爸爸说："你像个大狗熊，狗熊没有大狗的水性好，加油吧。"不一会儿，我就听到了游泳圈漏气的声音，大功告成，我扭头就跑。妈妈追着我骂："你这只臭黑狗，圈是我租来的，怎么向人家交代呀？说我们玩破了谁信呀？这么结实的圈怎么会破呢？这下租金也拿不回来了。"我叼着破球游到妈妈身边，哼哼唧唧地说："别生气了，我也不想搞破坏，都怪那个圈太不结实了。咱们还是玩破球吧。"妈妈摸着我露在水面上的头，无可奈何地说："真拿你没办法。"妈妈摸了摸我游泳的姿势，说："这是标准的狗刨呀。"我跳起来扒住妈妈的肩膀说："这就对了，您别忘了我就是狗。""听说拉布拉多水性很好，你能把我拖回岸边吗？"妈妈在考验我，哼，小菜一碟。我让妈妈趴在我身上，我快速向岸边游去。妈妈开心地笑了，说这比她自己游得快多了。当然了，我可是要累多了。

中午，妈妈问我："咱们回家行吗？"我装听不见，继续玩我的破球。妈妈坐在沙滩上说："珍妮，我这里有球。"我赶忙奔过去。妈妈抓了一把湿沙子，用手挤压成一个球，然后轻轻磨平

妈妈,我来了

球上的指纹,对我说:"妮妮,你看像不像麻团?"确实有点像。她把"麻团"扔到一个小坑里,我用前爪奋力地刨着,咦,怎么不见了?妈妈又扔了一个,我还是没有刨到。真奇怪,我明明看见妈妈把沙子做的球扔到坑里去了,怎么却找不到呢?我刨了一个能把妈妈都装进去的大坑,还是没找到球。

妈妈语重心长地对我说:"妮妮,沙子做的球不论多大,到了沙坑里就和沙滩融为一体了。有些人跟别人闹了矛盾,心里就系了个疙瘩,就是俗话说的记仇。如果他们心里的疙瘩和这个沙子做的球一样,到了心里就融化了,那么这个世界就会充满了宽容,就没有了恨,爱会时刻萦绕在我们身边,那该多好啊!"

我看着妈妈,她的脸上很平静,眼睛望向无边无际的大海。是的,妈妈的眼睛看不见,但她的心像海一样宽,一样净。妈妈,以后我会陪你一起看海!

守候在你身边

妈妈的身子很弱,自从有一次突然晕倒以后,身体就越来越差了。

有一天晚上,妈妈感觉很难受,我就寸步不离地守着她,怕她再有危险。可我还是没有看住,妈妈突然间摔倒在地,我慌忙用嘴叼她的衣服,她不动,我又去舔她的脸,她还是没有反应。我赶紧跑到书房叫爸爸,咬住他的衣服往外拖。感觉到异常的爸爸慌忙跟着我到了客厅,发现妈妈躺在地上,不省人事。他赶紧打了120急救电话,然后给妈妈按压穴位抢救。

十多分钟后救护车来了,医生把妈妈抬上救护车,我紧跟其后:"妈妈,你不能不要我呀!我还要保护你的安全呢。"爸爸把我关在屋子里面,着急地说:"珍妮,我送你妈去医院,医院是不让你进去的,你就自己在家好好待着。"爸爸关上门匆匆地走了。屋子里死一般的寂静,我蹲在门口,呜呜地哭着。我的脑海里闪过妈妈和我在一起的各种镜头:妈妈陪我玩球,给我弹好听的曲子,轻轻地抚摸着我的毛叫我上床睡觉……我好害怕妈妈有什么意外,更怕她从此在我的生命中消失。我在门口蹲

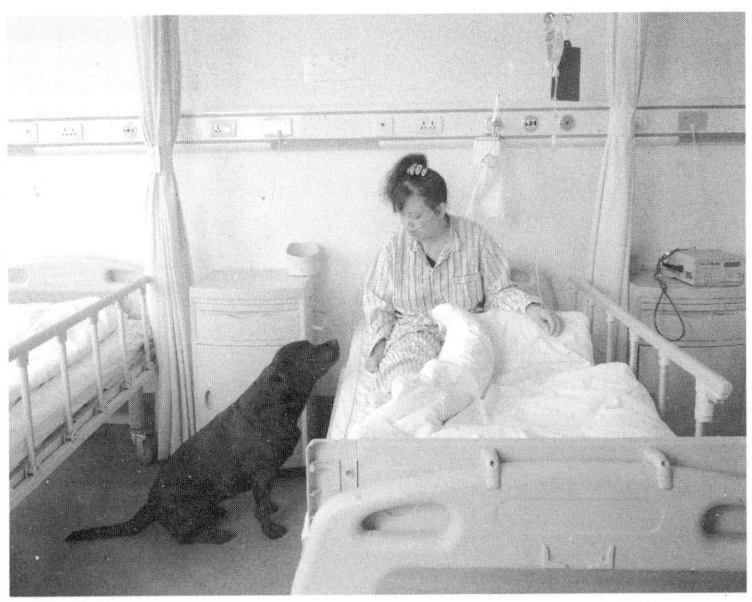

守在妈妈病床前

了一夜,想了一夜,胸前的毛都被眼泪打湿了。

不知过了多久,天亮了,楼下传来熟悉的脚步声,是爸爸回来了。怎么没有妈妈脚步的声音?我不敢想了。爸爸用钥匙打开门,他发现我蹲在门口,俯身摸着我的毛说:"珍妮,你放心吧,你妈妈抢救过来了,现在住在航空总医院。"我听了,如释重负地瘫在了地上。爸爸接着说:"珍妮,快吃点狗粮跟我走。"我赶紧坐起来,用询问的目光看着爸爸。他说:"一会儿我要去上班,我把你带到你妈妈的病房。"我简直不敢相信自己的耳朵。我能上医院陪妈妈,真的吗?!爸爸说:"昨天你妈妈被抢救过来就说想你了。我和医院商量,医院为你能不能进病房还开了一个会。在中国还没有像你这样进医院的先例,但在国外你就可以跟着盲人去任何地方,包括医院。后来,航空总医院同意了你进医院陪妈妈。"太好了!我兴奋得跳了起来。

我带着爸爸小心翼翼地进了病房,我生怕吵醒妈妈,轻轻地靠近病床。妈妈脸色苍白,躺在病床上,她的手臂上扎着液体,身上连接着好多管子,另一头连接在监护仪上,那个仪器发出"嘀嘀"的声音。我把前爪搭在床上,用舌头舔着妈妈的脸。妈妈,珍妮来了,你快好起来吧!

妈妈慢慢睁开她那双无精打采的大眼睛。她摸到了我的大耳朵,用虚弱的声音说:"珍妮,别担心,妈妈不会死的,我要陪你一辈子的。"我趴在妈妈身边,睁着一双黄褐色的大眼睛,一动不动地盯着妈妈,我要守候在妈妈身边,她需要我,我也需要妈妈。

一连几天,妈妈都是睡着的时候多,醒着的时候少。我总是用鼻子凑到妈妈脸上闻,我怕她有危险。爸爸请了假一直守候在病房里,虽然

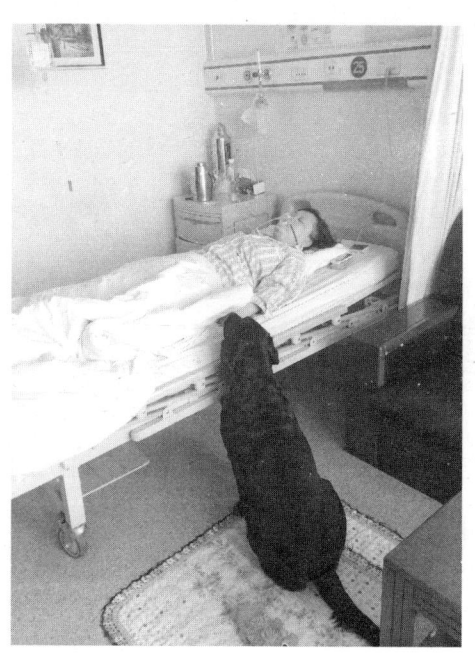

守护妈妈

我们一家三口在一起,但是少了在家时候的欢乐。我和爸爸都盼着妈妈快点好起来。

上天保佑好人,妈妈的精神头和气色一天比一天好。爸爸说,一个人如果对这个世界放心了,她就会走了;但知道大家都在等她,她就会回来。妈妈知道我们都在等她,都需要她,她就不会走的。

护士阿姨每天都来给妈妈输液,她们总是跟我说:"我给你妈妈治病,你可别咬我呀。"我不咬她们,我就是对妈妈的主治医师侯医生不太放心。他每天都来病房给妈妈做复位,我总怕他把妈妈弄疼了。一天早晨,好几个科室的主任都来给妈妈会

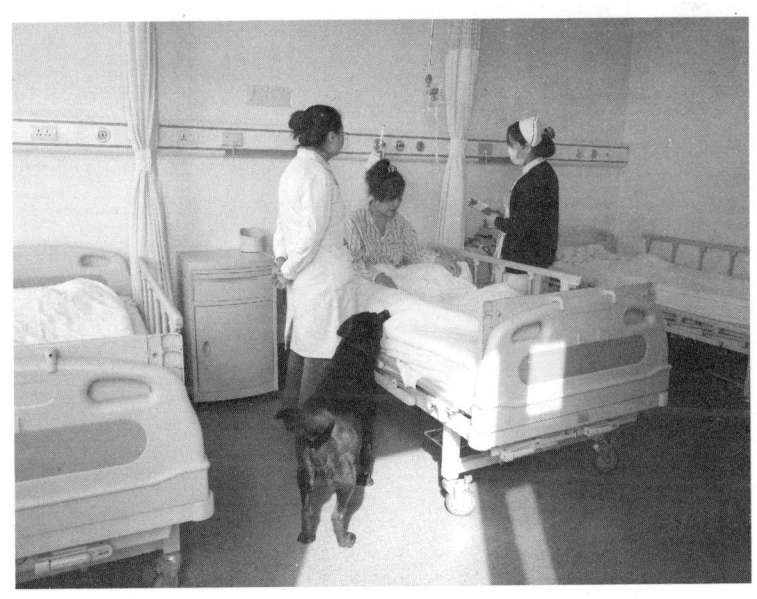

护士阿姨来输液,我在旁边护着妈妈

诊。我看见莫名其妙地进来那么多人，不免有点紧张，那个侯医生也来了，我突然跳起来，冲着他汪汪大叫。妈妈闻声大喊："珍妮！你干什么？"侯医生吓了一跳，赶紧后退着往外跑。嘿嘿，他似乎受过专业训练，如果有狗追，确实应该后退着跑开，如果转身跑，狗会很快扑上去咬的，但我这个导盲犬是不咬人的。听妈妈叫我，我只好趴在了地上。大家都很不解地问："这个珍妮多乖呀，怎么专门和侯医生过不去呢？"病房里笑声震天，笑得侯医生都不好意思了。为这事，妈妈特意给我们学校打电话，我听见老师在电话里给妈妈支招："如果珍妮冲着医生叫，你就捏住她的嘴。"妈妈说："如果我能捏住她的嘴，我就给她导盲了。"哈哈，大家都拿我没办法。我洋洋得意地在妈妈身边巡逻。妈妈板起脸来说："大黑狗，你这是'狗咬吕洞宾，不识好人心'，如果你再咬侯医生，我就让他给你打针。"我拿长嘴碰碰妈妈的腿："我是在保护你，我怕他把你弄疼了。真是不理解我。"

　　我陪妈妈住院，成了一个大新闻。为此，记者专门来采访妈妈。妈妈说："中国人为什么不接受导盲犬？就是因为没有看见过。就像十七年前大家也不接受盲人调琴，可现在我们的客户都在排队等我们调琴呢。虽然现在导盲犬在中国的生存很艰难，我想如果大家了解了就会接受的。"

　　妈妈说得很对，就像这家医院，他们听过妈妈的励志报告，所以了解盲人行动不便，知道了导盲犬不咬人，因此才接受了我们。医院的高国兰院长说，如果不让导盲犬进来，就等于拒绝盲人来看病。感谢院长，我愿一直陪在妈妈身边。

第二章 生下来,我就有自己的使命

我不是一条普通的狗,我生下来就有自己的使命——当盲人的另一双眼睛。

第二章 生下来,我就有自己的使命

难忘故乡

我叫珍妮,英文名是Jenny,2008年7月16日出生。

我是一条黑色的拉布拉多巡回猎犬,这个犬种,是我国用作训练导盲犬的首选。所以,出生没多久,我就被人捐到大连导盲犬培训基地,这就是养我育我的家乡。大连导盲犬基地是中国大陆首家导盲犬培训基地,开创了我国导盲犬驯养工作的

童年的我

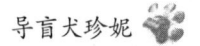

先河。这么说,我也算是出身名门了。

培训基地是我的家,这里的每一个人都是我的亲人。

基地创始人王靖宇教授在日本留学九年,回国后创办了中国导盲犬大连培训基地,他也因此被人称为"中国导盲犬之父"。基地创办之初,资金异常困难,王教授就背着爱人偷偷把家里的钱拿出来驯狗。为了研究导盲犬,他们家也成了寄养家庭。没想到王教授的爱人对狗比对他还好呢。一天,王教授回到家,看见桌子上已经摆好鸡蛋饼了,正要拿起来尝一尝,他的爱人从厨房出来说:"别吃,那是给狗做的。"

王教授的曾祖母,在晚年的时候双目失明。每次他去曾祖母家,祖母都摸索着到院子里摘两根黄瓜,洗干净了,对王教授说:"重孙子,我没有什么好吃的,给你摘了两根黄瓜,你吃吧。"王教授说,他至今也忘不了曾祖母那望向远方的空洞的双眼。今年清明节,他回老家给曾祖母上坟,对着老人的墓碑哽咽着说:"如果您能活到现在,就能用上您重孙子培训的导盲犬了。"

王教授为人和蔼,但在工作中却要求异常严格。用他的话讲,他们是在培养盲人的眼睛,盲人的性命就掌握在每一位老师的手里面。每条狗从基地毕业的时候,王教授都会让训导师戴上眼罩,由自己培养的犬领着过马路。他说:"如果你们都不敢相信自己训练的成果,盲人怎么能相信导盲犬呢?"别看他平时和蔼可亲,我们看见他还有点发怵呢。

强将手下无弱兵,每一位训导师都为我们付出了宝贵的心血。

我到基地的第一天,亲爱的付明岩老师小心翼翼地把我抱进了怀里。初来乍到的我还不适应这种新生活,每天都在笼子里叫个不停,付老师心里特别挂念我,很早就来上班,连工作服都来不及换就直奔犬舍看我、安慰我。他每天都给我梳理毛发,还从家里带来各种美味食物给我吃。我们一起训练,一起玩耍,朝夕相处了二十一个月。我也是他成功训练的第一只导盲犬。

大连的冬天格外寒冷,尤其是下过雪后,路上都是厚厚的积雪,训导师王林带着导盲犬训练,我们没有皮靴,过不了多久爪子就冻僵了,只能一瘸一瘸地走。每当此时,她就会毫不犹豫地把自己的手套摘下来给我们戴上。自从当了训导师,每年冬天王老师的双手都满是冻疮,原本纤细的十指像一根根胡萝卜,又红又肿。我都是看在眼里,疼在心里。

训导师王庆伟和相恋多年的女友照了婚纱照,装修了房子,只等着举办婚礼了。此时,学校派他去日本接受导盲犬训练方面的专业培训,为此他毅然推迟了婚期。他爱狗,更由衷热爱导盲犬事业。

王鑫老师,一个曾留学日本的心理学硕士,回国后,放弃了诸多的优厚

我在大连导盲犬基地

待遇和发展机会,却选择了来培训基地训练导盲犬。陌生的专业、微薄的收入、重体力的劳动,她都不在乎,而且做得兴致勃勃。她说:"因为妈妈是盲人,所以我知道盲人在黑暗世界里的痛苦,我要让更多的盲人过上健全人的生活。"

…………

这些无私奉献的老师,为中国的导盲犬事业和残疾人事业默默地耕耘着、付出着。在我眼中,他们是世界上最值得尊敬的人。

幸福的"早教班"

按照基地的培训计划,被送到基地的幼犬先要被送到寄养家庭进行一年左右的社会化、家庭化的培育。能不能成为一条优秀的导盲犬,寄养家庭的作用是非常重要的。正如童年教育对一个人的人生有决定性影响一样,寄养家庭就是我的"早教班"。

寄养家庭为我付出了很多:寄养爸爸总是宠着我,每天都带我去棒槌岛附近爬山,只要我喜欢的食物,他都很大方地给我吃,寄养妈妈总说他没原则;寄养妈妈也是惯着我。家里没人的时候,我总喜欢跳到床上去,又柔软又暖和,舒服极了。我的耳朵特别灵敏,一听见门锁响了,肯定是家人回来了,我就赶紧跳到地上趴着。寄养妈妈回来总是夸我乖,但没一会儿她就发现被窝是热的,被子上还有我黑黑的小狗毛,她就又生气又好笑,拿我没办法。我还有个性情温和、善良的小哥哥,下雨

我的寄养家庭和妈妈

的时候，哥哥怕我把爪子弄湿弄脏了，总是会抱着我。家里还有一只白色的萨摩耶犬，叫小贝。我一点也不害怕他，还靠近小贝那长长软软的毛取暖。聪明可爱的我成了全家人的小宝贝。吃饭的时候，我总是先吃，小贝在旁边看着，我吃饱了才允许小贝吃；天气热的时候，我就跑进哥哥的房间冲着哥哥吐舌头，哥哥就给我开空调；寄养妈妈擦地的时候，我就蹿上沙发给她让地方，如果小贝碍事，我就叼着小贝的耳朵，把他拽到沙发前……家里的每一个人对我都非常好，我反而成了家里的"小霸王"，横行霸道。周末的时候，我们一起出去玩耍，大连的星海广场是我经常奔跑嬉戏的地方。我喜欢玩水，俗话说的"狗刨"就是从我们这里来的。我在沙滩上忘情奔跑，踏着浪花跳

我的两个妈妈

跃、吹海风、晒太阳,觉得日子舒服极了。

幸福可能没有一个普世的标准,但我觉得,我童年的每一天都是幸福和快乐的。

一岁的时候,我被送回导盲犬培训基地。寄养主人心里很矛盾,既希望我有出息,成为一条优秀的导盲犬,又不舍得我离开他们。他们担心我回到培训基地受苦,就给我买很多好吃的东西,让我身强体壮,不想却导致我体重超标,一回到培训基地,兽医就让我减肥。

回基地的前一天晚上,寄养爸爸给我炖了最爱吃的棒骨,寄养妈妈给我洗了最后一次澡。喜欢我的朋友们都聚在我家,有寄养爸爸的亲戚、寄养妈妈的同事、小哥哥的同学,大家都舍不得我走。第二天,寄养爸爸开车把我送回学校,寄养妈妈都不敢去,生怕自己忍不住又把我带回家。当时的感觉,真的像把自己的孩子送出去一样。连小哥哥出国上学的时候,他们都没有这么难受过。当训导员把我关进笼子里,我看着寄养爸爸走的时候,急得高高跳起来,汪汪大叫。面对这种分离,我们的心都碎了。

可是,又有什么办法呢?我是一只导盲犬,这是我的使命,谁也改变不了。

严师出高徒

刚到学校那段时间,我特别想念寄养爸爸妈妈,可是他们总是说我有自己的使命，经过严格训练我将是一条合格的导盲犬。

在训导师付明岩的精心照料下，我逐渐适应了学校生活。两个月后，自己认为养了我一年的寄养爸妈不会再出现的时候，我把老师当成了亲人，有了他的陪伴，离别的愁苦会淡去很多，但每到夜晚月光照进犬舍的时候，我就会陡然思念起寄养爸爸妈妈。我想念那个家里的每一个人，想念被我欺负的萨摩耶，想念童年无忧无虑的生活。

后来，我才知道，这种感情就叫作思念。

我住在犬舍最靠近大门的地方，每天都翘首期盼路口出现老师的身影，期盼他来领我出去。但是犬舍里面有十多条狗，他不可能总领我一个训练。如果老师来了，牵走了别的狗，我就一跳三尺高，汪汪大叫，还厉害地对隔壁的狗说："老师领你，你不许去，否则看我的厉害！"

我开始接受老师的训练，最初是不戴鞍子的，我也弄不清楚他到底要跟我怎样玩。每一个动作，他都要教我十遍百遍，我才能领会，这要有极大的耐心。有时候我不想学，老师就让我在路边蹲着看别的狗训练。老师说我很聪明，别的狗半年能学会的东西，我两个月就学会了。

学东西也是很枯燥的，一个动作往往要重复一个月。老师总是说："你们毕业以后就要领着盲人走路，如果你们有一点点失误，那么给盲人带来的就是天大的灾祸。我教你的本领，你一定要记一辈子。"

训练的时候，我偶尔也会不改旧习，犯一些小错。一次，老师说我学得不错,随口表扬了我两句,正洋洋得意的我看见操场上有人踢球,顿时玩性大发,甩开老师就奔了过去。老师在后面大喊:"珍妮,你给我站住!"我这才反应过来,我正在训练呢!立刻乖乖停了下来。

我和老师相处了二十一个月,我们天天训练,不管是寒冬还是酷暑,我们都会走在训练场上,走在大连的街道上。冬天的时候,寒风呼啸,我有一身厚厚的皮毛还冻得瑟瑟发抖,何况老师身上没长毛,肯定比我冷多了。到了夏天,大大的太阳烘烤着大地,老师说,我的一身黑毛会吸热,所以他总是早晨来了第一个训练我。我们走在无遮无拦的大街上,没处躲没处藏

我和同学们

的。真是"夏练三伏,冬练三九"。

在学校里,我学会了许多本领:上下台阶、绕开障碍物、寻找目的地、找人行横道、过马路看红绿灯、找电梯、找滚梯、上公交车、坐地铁……经过刻苦的训练,我牢牢地掌握了这些复杂的学习内容。老师都夸我太聪明了。

老师还教会了我游泳。我虽然生活在海滨城市大连,但是寄养爸妈没有让我下过水。第一次到海边,老师站在水里叫我,我望着一望无际的大海,胆怯迟疑,踌躇不前。老师说:"拉布拉多在古代是纽芬兰给渔民拉网的狗,你居然不敢游泳,真给你的祖先丢脸!"我扑到老师怀里:"万一溺水咋办?你抱着我游泳吧。"老师真的把我抱下水。温暖的海水像老师轻柔的手抚摸着我的身体,好舒服。我们确实天生就会游泳,老师一

我们拉布拉多天生就会游泳

松手,我就在水里游了起来。

训练并不是生活的全部内容,课间休息的时候,老师也会让我疯玩一阵的。有时候,老师中午不休息,会带着我到导盲犬基地前面的小山上和我玩捉迷藏。趁我不注意,他就躲藏起来让我找。有时候,我找不到就着急,老师就扔一块小石头给我一点提示,我一下就能找到老师了。找到他,我就用爪子扑他。和老师在一起的时间长了,我就学会了和人类用目光交流,看脸色行事。老师有什么郁闷的事、高兴的事,都会和我慢慢道来,我是最忠实的倾听者。

我最喜欢去老师的家,他的爸爸妈妈非常喜欢我。奶奶总是给我好吃的,都是在学校很少吃到的美味佳肴。爷爷吃完晚饭坐在沙发上看电视,这时候就该我大显神通了,我跳到沙发上,用我的大舌头给爷爷洗脸,逗得爷爷哈哈大笑。到了睡觉的时候,老师在他床边给我铺一个软软的垫子,可我还是不满足,我把长嘴放在床上,用询问的眼光问:"我能上床和你一起睡吗?"每次老师都说 No,导盲犬不能上床上沙发,他不能惯我这个毛病。可我就喜欢上床,并不是真的渴望上床去睡觉,床上不一定就比垫子上舒服,只不过在床上睡我能有待遇提升的感觉。

我有我的自由

在我们学校我是最淘气的,这是老师说的。我的主意确实比较多。

一天晚上,老师下班了,我们睡不着就开始聊天。飞飞说:"我们什么时候才能毕业呢?"法官说:"你着什么急呀?毕业有什么好处?要到使用者那里工作,还是二十四小时上班,多辛苦啊!"我瞪了法官一眼:"说点有用的,你们想吃狗粮吗?"凯瑞大喊:"想吃。""你可真馋,叫那么大声干什么?"我训斥凯瑞。飞飞说:"狗粮就在柜子上,你够得着吗?"我说:"咱们使劲跳,看谁能跳出笼子,谁就能吃狗粮了。"一直不说话的罗拉开口了:"珍妮,就你鬼点子多。别惹祸了,小心明天老师知道了会惩罚你。"可飞飞同意我的建议,说:"珍妮的主意不错,咱们开始跳吧。"除了罗拉和哈尼,所有的狗都跟我一起跳。我把吃奶的劲都用上了,一次比一次跳得高。哈哈,我凌空一跃,终于跳出了笼子。其他的同学都没成功,只能眼巴巴地看着我大饱口福。

小哈尼结结巴巴地说:"珍妮,明天老师一定轻饶不了你,快跳回来吧。""就你胆子小,我好不容易出来的,我才不回去呢。"凯瑞馋得直流口水,可怜兮兮地乞求我:"珍妮姐姐,能给我一点狗粮吃吗?""我怎么给你呀?咱们的爪子不能拿东西,身上也没有口袋。想吃就自己跳出来吧。"罗拉说:"凯瑞,你可千万别出去,珍妮的外号叫'小泼妇',她什么都不怕,你别跟她学。""就你正经。"飞飞说,"咱们老师可喜欢珍妮了,也不知道珍妮在老师面前说了什么好话。"我连忙说:"我可没说什么,老师也听不懂我的话呀。可能是因为我聪明又漂亮,老师才喜欢我吧。"凯瑞说:"我也漂亮。"我笑道:"就你这细胳膊细腿、瘦小枯干的还漂亮呢,你以后多吃点狗粮长胖点吧。"小哈尼仰起头,洋洋得意地说:"我才漂亮呢。""你长得那么小,脸又那么长,活像一只未成年的小老鼠。"哈尼气得不理我了。

我吃饱了,玩点什么呢?这个屋子里只有笤帚和墩布,就玩它们吧,我用锋利的钢牙咬烂笤帚和墩布,笤帚苗、破布条丢得到处都是。法官说:"小泼妇,你就等着挨打吧!"真是的,怎么不念我点好呢!

第二天早晨,老师打开宿舍门,我赶紧迎了上去,老师看见宿舍里乱七八糟的样子顿时怒发冲冠。"珍妮!你给我门口站着去!"老师一声断喝吓得我一哆嗦,我赶紧站在门口,老老实实低下头。同学们都偷偷地笑我,凯瑞还小声说:"珍妮要倒霉喽。"

老师把宿舍收拾好,就把笼子门逐一打开,同学们都出去玩了。我也想去,可我没敢挪动脚步。老师走过来摸着我的头说:"珍妮,你也太不像话了,以后别这样了知道吗?去玩吧。"

我高兴地跑到操场上,飞飞看见我问:"老师怎样惩罚你的?"我洋洋得意地说:"没有。"飞飞不知从哪里捡来一根短木棒,我说:"给我玩一会儿。"飞飞不给,我上去抢,飞飞在前面跑,我在后面追。飞飞比我腿长,但他没有我灵活,木棒还是被我抢过来了。我叼着木棒狂奔,飞飞在后面紧追不舍,老师看见了还给飞飞加油,老师偏心眼,我一生气不跑了。飞飞没有想到我会来个急刹车,他来不及停住脚步,一头撞到我身上,把我撞了个四脚朝天,木棒也被飞飞抢走了。我不干了,站起来就追,很快就追上了,可是飞飞死死地叼着木棒不放,我把爪子搭在他肩膀上张开大嘴要咬他,他也不示弱,张开嘴回敬我。

老师赶紧跑过来把我们分开,他说:"飞飞,你是哥哥,应该让着点珍妮!"他又拍拍我的头说:"珍妮你这个小丫头,怎么这么厉害?"

我对天上的小鸟也非常感兴趣,我很好奇为什么小鸟就能在天空中自由自在地飞翔,而我拉布拉多就不能飞?我问老师,可是他听不懂我的话,总是不回答我。

风光的明星犬

2010年,举世瞩目的世博会在上海举办。

经过几轮角逐,我代表导盲犬培训基地来到了上海世博会,在生命阳光馆进行表演。听老师说,世博会是中国举办的一个世界盛会,我能去世博会表演真是光荣而幸运呀!世博会已经有一百五十九年的历史了,但历届世博会上都没有关于残疾人的场馆,也没有导盲犬表演。本届世博会在中国举办,不但有展示残疾人文化的生命阳光馆,还有我——中国的导盲犬表演,看来中国对残疾人事业相当重视呢。我的责任重大啊!

每天早晨,我都会领着十一个踢足球的盲孩子进入世博会大门,我在前面领路,那些盲孩子一字排开,后面的人用手搭在前面人的肩上,这个长长的队伍很是壮观。到了生命阳光馆,我先跟盲孩子们练半小时足球。我大黑狗踢球可不管什么规则,我用头顶球、用嘴叼球、用身体拱球,哪个部位都能把球赶进球门。每当我玩得高兴的时候,王林老师就叫我去表演,我只好非常不情愿地跟着她离开。

在生命阳光馆有个弹钢琴的智障孩子,他只有五岁的智力,但是弹钢琴已经达到十级的水平了。一天,我偷偷溜出来去看他,没想到把他吓哭了。他爸爸把老师斥责了一顿,质问她是怎样管我的。老师真是冤枉呀,我是趁她去倒水的工夫跑开的,想当个普通观众咋就这么难呢?不过,我每天坐班车时,都能看见那个弹钢琴的孩子,他从不敢看我一眼。后来,见的次数渐渐多了,他大约也看出了我的可爱,竟然主动来找我玩了。

在世博会上,我交了许多朋友。其中有一个上高中的男孩子,三次来看我,还当了我们的志愿者,帮我们发宣传材料。他很喜欢狗,更喜欢我们导盲犬。我回到学校之后,还收到过他寄来的一个盲人足球呢。我想等他们这一代长大了,肯定能接受导盲犬。

我每天都要表演六场,很辛苦,实在累得走不动时,就趴在地上休息片刻。但我当时不知道在游客当中有一双空洞的眼睛注视过我,她用那一双灵敏的耳朵捕捉我的每一个动作。当时我不知道,这个来自北京的观众将是我一生的亲人。一些参观生命阳光馆的游客,看见我都说我是一只电动导盲犬,还有人来摸我,休息都不得安宁。我不耐烦地站起来伸个懒腰,他们又说我是遥控狗。老师告诉他们我是真狗,大家还不相信呢,因为他们没看见过这么听话的狗。我听了表扬的话很高兴,我为学校争了光。

不过,我也给王林老师带来了好多麻烦。最初一周时间,老师都带我去食堂吃饭,我老老实实趴在桌子下面,别人根本发现不了我。可是有一天食堂的管理人员看见我了，说什么也不让老师带条狗在食堂里面吃饭。老师不放心把我独自关在办公室，就只好端着饭在外面吃。还有很多时候，她要等人少了再去买饭，一等就是一钟头。不过，有好吃的她总是留给我，我经常在楼梯拐角处啃骨头。现在我还能回忆起世博会上吃过的骨头味呢，真香啊！

  不表演的时候，老师就带着我到各个场馆参观，我们先到了中国馆，我是中国狗嘛，我也有爱国情怀。中国馆里，一眼望不到头的《清明上河图》非常震撼我的视觉，那五颜六色的光更让我兴奋。老师又带着我来到北京馆，五个福娃站在眼前，各个像是身怀绝技。来到上海馆，我们看见了30年代的黄包车、50年代的自行车、80年代的汽车。脚下突然动起来，我们坐上了宇宙飞船，在俯瞰2010年现代化的上海。老师还带着我到了德国馆，大家围在一个巨大的球前，主持人指挥大家大声喊，那个巨大的球居然跟着声音的大小摆动起来，真是奇妙。我也想助球一臂之力，我刚要大叫，老师就一把捏住了我张开的嘴。我们还到了欧洲馆，我感觉欧洲人对我们狗类非常友好，他们说狗是人类最好的朋友，所以我在欧洲馆都是走绿色通道。

  生命阳光馆有两个盲人志愿者，他们每天都带着游客到黑暗体验区参观。在世博会即将闭幕的时候，他们结婚了。我大黑狗有幸当了他们的伴娘。那天老师还给我做了两朵粉色的花别在我的鞍子上，可漂亮了。我在记者们长枪短炮的拍摄下，跟着新人坐着游览车环游世博会一圈呢。

  从上海世博会回来后，我又承担了广州亚残运会的表演任

我给世博会上的盲人志愿者当伴娘

务,面对记者和观众大大小小的闪光灯,我摆出各种姿势让他们尽情拍摄,表现出一个久经沙场的老战士特有的淡定自如,真成了一条无比风光的明星犬。

因为有表演任务,我也就延迟一年毕业,成了留校生。这一来,付明岩老师也愈发偏爱我了,他每天中午休息的时候,都到我们宿舍把我领出来,我们走到一个没人没狗的地方,他就会从衣袋里掏出一个鸡蛋,或是一个苹果给我吃。他拍拍我的头说:"珍妮,一年的时间很短,明年你就毕业了,不知道你能去哪里工作,真希望你能留在大连,那样我去看你就方便了。"每每听到这些话我都很难过,我停止了咀嚼,痴痴地望着他,任何美味都无法淡化我对离别的恐惧。我何尝不想留在家乡啊!

导盲犬珍妮

毕业的惆怅

严格的训练结束了,我即将从导盲犬培训基地毕业,去履行我的使命——给一位盲人当眼睛。作为一条导盲犬,我注定会有三个主人:寄养家庭、训导师和使用者,这就是我的一生,也是我生来的职责使命。

可是,日久生情,我真的不舍得离开培训基地,不舍得离开这里的老师、同学。有一天,我一点都不想动,浑身痛,不想吃

我的三个主人,左起:寄养妈妈、妈妈和老师

东西。老师看出了我的异样,赶紧拿来体温表给我测量体温,果然发烧了。这下可忙坏了老师,他又要训练其他的狗,还要照顾我这个病号。中午他也顾不上休息,给我端来了香喷喷的米粥。看我吃完饭,他又抱我到操场上晒太阳。躺在老师的怀里,真是幸福呀!我偷偷地想,如果能永远这样该多好!老师似乎猜中了我的心思,深情地对我说:"珍妮,你很快就要毕业了,如果你的命好,能找到一个疼你爱你的使用者,也像我这样抱着你,还会宠着你,那就是你的福气了。"

我当时很困惑,虽然清楚地知道自己的宿命,但我不知道等待我的是什么,不知道将来的使用者在哪里,是个什么样的人,对我好不好,不知道将来的新家是什么样子,不知道以后的路通向何方。想到这里,我又是郁闷,又是担忧。

老师虽然听不懂我的话,但是他从我的眼睛里一定读懂了我的心思,不然他不会流泪。我用舌头小心翼翼地舔着他的眼泪,我尝到了苦涩的味道,一如此刻的心境。

老师下班之后没有走,他给我买来了很多好吃的,看着我狼吞虎咽。他轻轻地给我梳理毛发,一遍又一遍。他还给我买了一个网球,这是我最喜欢的玩具。他陪我玩球,他抛出去,我捡回来,一次又一次毫不厌倦。

二十一个月的相伴相守,足以使我们心有灵犀,我能读懂老师的心思。他是训导师,他教会我各种导盲本领,现在,我就要离开他去使用者那里服务了,分别在即,从此天各一方,不知何时才能相见,在这分分秒秒的倒计时中,他的难过可想而知,这种离别的惆怅和痛苦不是一般人能体会到的。

初识新主人

时间总是过得太快,毕业的日子不期而至。

一群使用者来到学校挑选导盲犬。老师来到我的笼子边,打开门说:"珍妮,有使用者来看你了,要表现好点呀。"我刚出犬舍就看见门口有一群人,有认识的,也有陌生的。人群中有一位个子不高、穿着玫红色衣服的女士,她跟我一样,有一双又大又亮的眼睛,好漂亮呀!我不由自主地向她奔去,在我的一对前爪即将碰到她玫红色的衣服时,她突然扭头就跑,大喊:"救命呀!"怎么,不想和我玩吗?我本能地追上去。不知大家听说过没有,如果有狗追,千万不能跑,那样会激发我们的欲望,非追上不可。呵呵,和我们比速度,人差得远呢。"珍妮站住!"呼呼的风声裹挟着付明岩的喊声传进耳畔。我停住了,这位女士好像感觉到了我的变化,也不跑了。我一动不动打量着这个胆小鬼。哼,怕狗还来领导盲犬,以后我们带你走路的时候,还不知道得吓成什么样呢?

付明岩给我戴上导盲鞍,女士开始跟着我走。我使出浑身的力气往前拉她,她招架不住,被我拉得东倒西歪。她说:"我不要珍妮了。"她无法驾驭我,又转而和其他的导盲犬配合。她试过了五条犬,该决定要谁了。我赶紧往前凑。"要我吧,我可乖了。你长得很漂亮,我长得也蛮养眼的,绝对让你有面子。"实际上,我心里有自己的小算盘:她一点力气都没有,肯定降不

妈妈选中了我

住我,以后啥都得听我的,哈哈!可是,我越往前凑,她越躲着我,后来,付明岩命令我在马路对面蹲着。他们在马路那边商量,真是急死我了。我隐约听她说想要一条拉布拉多犬,我就是呀。她说想要大个的,老师说,她个子小不适合要大的。我想,就她那点力气,要是换了我的同学飞飞,她早就趴地上了。她说:"我听说,珍妮去过世博会表演,还去过广州亚残运会开幕式,她是一条明星犬。"这话我爱听,这可是我的光荣历史啊!他们又说了好多话,我就记不住了。只记得,付明岩叫我过去,我三步两步地蹭过去。老师把我带到她面前,她小心翼翼地伸出手摸着我的黑毛说:"珍妮,我来自北京,以后你就是

069

我毕业了,左起:校长、妈妈和老师

我的眼睛,我就是你的妈妈了。"我把鼻子凑上去闻闻她,好香,跟我的寄养妈妈一样香,不像老师,有一股汗味。嘿嘿,千万别让老师知道我说他的坏话哦……

这位陌生的女士就是我的新妈妈——陈燕,中国第一位女盲人钢琴调律师。她还创造了无数个"中国盲人第一":中国第一位骑独轮车的盲人,第一位开卡丁车的盲人,第一位盲人跆拳道"黄带"选手,第一位加入世界杰出华人协会的盲人,第一位画猫的盲人……很难想象,这些成就是一位双眼失明的盲人所创造的。新妈妈是一个能创造奇迹的人,这让我非常钦佩。

和新妈妈相处

和新妈妈见面的第二天早晨,老师来了,他在同学们面前一一摆好食盆,唯独没有我的。老师说:"珍妮,等你的新主人来喂你。"我看着同学们大快朵颐,肚子叫得更欢了。妈妈,你快来吧!

八点半,老师把我从笼子里放出来,带我来到办公室,新妈妈拿着我的食盆在那里等着呢。老师教妈妈给我下达等待的口令,我蹲在地上等着。待妈妈说出:"珍妮吃吧。"我一头扑向食盆,三两口就把狗粮吃了个精光。我抬头看看妈妈,她吓得脸都白了。她说:"珍妮,我知道你没吃饱,你可别吃我呀。"老师说:"现在珍妮还没有把你当成主人,所以她怕你抢她的狗粮。"

负责我和妈妈配合训练的是训导师王庆伟,大家都叫他小伟。王教授规定,导盲犬和使用者配合训练,原来的训导师不能陪同,必须调换另外的训导师,原因嘛,主要是担心我们太依赖老师而不听使用者的话。

小伟先给妈妈上课,教她怎样用口令指导导盲犬与自己合作,当然,了解我们狗类的一些特点也是课程的重点。我趴在地上瞧瞧这个、望望那个,对小伟讲的内容实在是提不起兴趣,太小儿科了吧。

开始实际练习了。由于盲人刚刚接触导盲犬,对一些口令和要求不得要领,老师先来代替我跟妈妈训练,所以我可以暂且偷偷懒,小憩片刻。老师把我的导盲鞍放在和我身体差不多高的位置,妈妈拿着把手开始下口令。妈妈说,珍妮走吧,老师就往前走。妈妈说,珍妮左转、右转、后转,老师就做出相应的协作。同时,妈妈随着老师的转动也要做出标准动作,因为盲人和导盲犬是互相适应、互相配合的。他们反复练习了好久。不得不说,老师的动作比我标准多了,要不老师和我一起去北京给妈妈当眼睛吧,好随时指导我,那样我就能跟老师不分开了。唉,我要是笨一些就好了,那样至少可以在培训基地多生活一段日子,都是聪明惹的祸啊!

晚上,我跟随妈妈回到她住的宾馆,这间房子虽然比我的笼子大多了,但我还是很思念自己住了将近两年的家。妈妈在她的床边给我铺了一个绣着猫的毯子,让我睡在上面。我垂头丧气地趴在毯子上,一点睡意都没有。我不知道等待我的是什么,不知道北京的新家是什么样子,不知道新妈妈对我好不好,更不知道什么时候还能回到故乡大连。我的同学们将去往天南海北,因为盲人行动不方便,所以很难带我们回来小聚。听偶尔回来的同学说,他们白天都是在盲人开的按摩店里面度过的,因为目前中国盲人做得最多的工作还是中医按摩。主人为了生存而奔忙,只有晚上能陪他们一会儿。我也会这样吗?妈妈也会让我在按摩店里面度过吗,不过妈妈是钢琴调律师,不知道这是个什么工作,是不是让我在钢琴上面趴着呢。多没意思呀!我郁闷得又是哼哼,又是叹气,对我未知的将来一片茫然。

第二天六点,妈妈准时起床带我上厕所。昨天小伟给妈妈上课的时候说了,每天早晨要带我到草地上"方便",因为导盲犬必须在草地或者土地上大小便。所以今天妈妈非常准时地起床了。刚一出门,我看见一只花猫在悠闲地散步,我想跟她玩,全然忘了还有新主人正牵着我脖子上的绳子,就猛地跳下台阶,突然只听见"扑通"一声,我忙不迭回头一看,妈妈竟然从三级台阶上摔了下来。我吓了一跳,如果是付明岩拉着我,我这一点力气他一定稳如泰山岿然不动,没想到妈妈的力气这么小。看到她摔得龇牙咧嘴,我真是很愧疚,上前哼哼唧唧地和她道歉。

上午,小伟把我们接到了基地,我听妈妈跟我老师和小伟商量,可不可以用英语给我下达指令,老师说此前从来没有跟我说过英语。小伟问妈妈为什么想用英语,妈妈说:"我听别的使用者说过,她和导盲犬一起走在路上,路人看见了很好奇,还乱指挥导盲犬,弄得导盲犬辨不清哪个是真指令,哪个是戏

妈妈和我的适应性训练

言。如果用英语发口令,路人就不容易指挥导盲犬了,而且每个人说英语的口气都不一样,便于导盲犬识别。"训导师王林称赞妈妈的建议有道理。她说原来他们都是用英语训练导盲犬的,后来有个使用者不会说英语,就给基地提意见。基地经过再三考虑,接纳了她的意见。后来这件事情被盲协李主席知道了,他对那个提意见的人开玩笑说:"狗经过训练都能听懂英语,你怎么就不行?"那个盲人听了哈哈大笑。这件事情也就这么传开了。

妈妈说:"虽然珍妮以前听的都是中文,不过我想试一试英文。"付明岩说:"珍妮很聪明,时间长了肯定能听懂。"接下来的几天,妈妈都在和王林学训练导盲犬的专业英语,我可是像听天书似的,一句也不懂。

我们又要配合训练了,妈妈开始说一些稀奇古怪的话,什么Back、Come、Find the bus、Forward……搞不清都是什么意思,不知道她到底要干什么,我愣愣地站在原地,好像突然到了陌生的大洋彼岸。小伟想了个好办法,训练导盲犬的时候不光用语言,还要结合手势,小伟又教妈妈各种肢体语言。继而,妈妈开始连说带比画地指挥我走路。我真后悔当初选这个漂亮主人,和她配合真费尽,不知道我的后半生是福还是祸啊!

她在旁边叽里咕噜地说着英语,我存心走得飞快,让她知难而退,一旁的小伟总是不时训斥我一两句。不远处的路边有块大石头,我忽然想起老师说的盲人看不见路,我们要代替他们的眼睛,为他们领路。我看妈妈走路挺正常的,她是盲人吗?干脆,验证一下吧。我带着妈妈直奔石头而去,妈妈没有反应,跟着我就往石头上冲,就在她还差一步撞上巨石的危险瞬间,小伟一把拉住我的牵引链大喊:"珍妮,你是故意的吧?"完了,我这点小把戏是逃不过训导师的眼睛的,我又要挨骂了。妈妈却很宽容地说:"没事,人都有犯错误的时候,何况是一条狗呢。"小伟说:"这是珍妮在挑战你,如果你挑战失败,以后珍妮就不听你的话了。"唉,我的小九九都被小伟看透了。

下午,我们来到步行街,进入一家商场,我带着妈妈上滚梯。这也是我们的训练科目之一。我一下蹿上滚梯,妈妈力气太小了，差点被我拉倒。下滚梯的时候，标准动作是妈妈提我的鞍子，可妈妈性急，还没到二楼，她就提前提了鞍子，我虽然纳闷也只能按照她的口令跳下滚梯，妈妈也被我拽着跌跌撞撞跳了下来。后上来的小伟吓得脸色煞白，拍着胸口说："你们哪里是上滚梯呀，分明就是拼命嘛。"妈妈说："都怪我没有力气，驾驭不了珍妮。多练几次就好了。"我们从一楼练到六楼，又坐直梯下到一楼，然后再练习乘滚梯。练了十二次之后，妈妈和我配合得已经非常默契了。

在和新妈妈相处的这段时间里，我发现她是一个做事非常认真的人，对我的要求也非常严格。不过，她对我的爱也在细

我和妈妈有默契，比如玩球

校长、妈妈和我

微之处一览无余,休息的时候,她给我梳理毛发;睡觉的时候,她给我盖上薄毯子;她给我听音乐,和我聊天……老师总是说,我跟了这个新妈妈,他就放心了。

告别家乡

在导盲犬基地,我和新妈妈在一起训练了二十天。这是我们互相适应、互相熟悉、互相信任的必然过程。训练结束后,妈妈就要带我回北京了。

这天早晨,训导师给我端来一大盆狗粮,他摸着我的头说:"珍妮,今天你就跟着新主人去北京了,你千万别忘记我教你的本领,好好给你的新主人领路,她看不见,你就是她的眼睛。"我和付明岩在大连导盲犬培训基地朝夕相处了二十一个月,马上要分别了,心里有一千一万个舍不得。可我知道,自己生来就是一只工作犬,我不能选择自己的一生。我从中国导盲犬大连培训基地毕业了,就必须去我的使用者身边,给他当眼睛,这是谁也无法改变的宿命。

走的时候,老师们和寄养爸爸妈妈都来送我们,寄养爸爸还给我们买了很多大连的特产。妈妈对我说:"妮妮,我本来想买点大连的特产,回去送给经常照顾我们的志愿者们,没想到你的寄养妈妈都给咱们准备好了,这下你的志愿者朋友们就有口福了。妮妮,咱们千万不能认为别人帮助咱们是应该的,一定要有一颗感恩的心,要学会礼尚往来。在可能的情况下,咱

老师，我会想你的

们一定也要帮助别人。"我摇摇大尾巴，非常赞同妈妈的观点。

我用舌头依依不舍地舔着训导师的脸。老师有时的确很严厉，但平时他就像父亲一样关爱着我，我对他是既敬又爱，如今，我们就要远隔千里，他不在身边的日子，我怎么会不想他？我咬住老师的衣襟不让他走。

妈妈蹲在我身边，轻轻地抚摸着我身上的毛，慢慢地说："珍妮，你为了给盲人当眼睛，被迫离开了你的家，我知道你心里很难过，你不会哭，我就替你哭吧。我一定会像爱自己的孩子一样爱你。"说着，她动情地流下了眼泪。

妈妈仿佛知道我的心，接下来的话更让我心动："珍妮，我知道你舍不得家乡的亲人，有机会我会带你回来，看你的学校，看你的老师。我向你承诺，我会用后半生的时间来宣传导盲犬，尽己所能，为你们学校做贡献。"

我用黄褐色的大眼睛看着她，她的脸上散发着真挚的、慈爱的光芒。那个瞬间，我的脑海里突然想起了自己从未见过面的妈妈，在我的记忆里，妈妈的影子虚幻而缥缈，我根本抓不住它。而眼前的新妈妈，用真心赢得了我的信任和依赖。

在依依不舍中，我随新妈妈来到了北京，走进了我的新家。

第三章 妈妈,你真了不起

每一个盲人,在那沉默的双眼后面都有一个又一个爱恨交织的悲欢故事。

生命中最重要的人

1973年,妈妈出生在河北容城。在她三个月的时候,一到天黑她就哭个不停,父亲抱起来哄她,突然发现她的眼睛里有一个白点。父母急忙带她去医院检查。医生说:"这孩子得了先天性白内障,眼底还有很多发育的问题,即使做手术她长大后也是个盲人。"父母心乱如麻,他们掂量再三,决定放弃这个襁褓中的婴儿,再生一个健康的孩子。是善良的太姥姥把像小猫似的婴儿抱回北京的家,辞掉街道工厂的工作,精心照看她。从此,太姥姥就成了妈妈人生当中第一个最重要的人。

太姥姥带妈妈去同仁医院做了眼睛手术。当时医院没有床位,太姥

妈妈一岁生日照

导盲犬珍妮

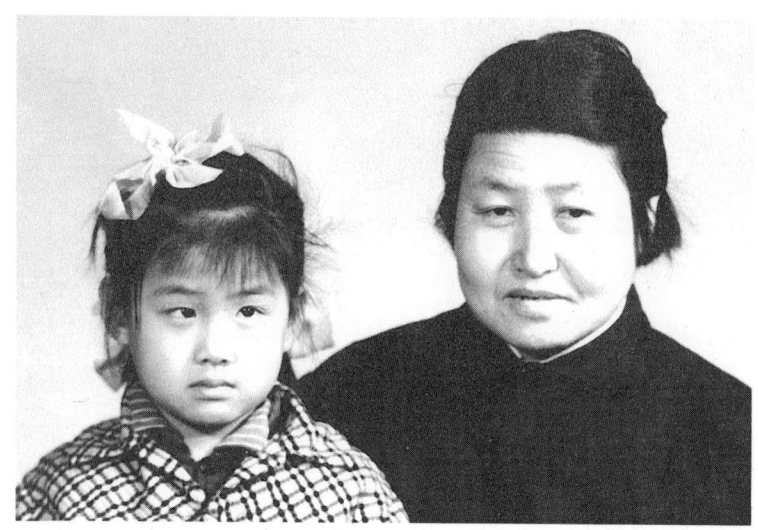

太姥姥是妈妈生命中最重要的人

姥抱着妈妈在走廊里坐了七天七夜。手术之后,妈妈的右眼依然是全盲,左眼的视力恢复到只能分辨颜色。一个美丽而朦胧的世界呈现在她眼前。妈妈坐在吱吱作响的小竹车上一天天长大,她会说的第一个词不是"爸爸""妈妈",而是"姥姥"。她整天跟在姥姥后面叫,生怕一不留神姥姥把她扔了。姥姥怎么舍得丢下这个盲孩子呢?可是她不可能陪外孙女一辈子啊!既然眼疾不能治愈了,太姥姥就挖空心思开发她的听觉和触觉。

妈妈刚开始蹒跚学步,太姥姥就教她靠听觉走路。太姥姥告诉她,前面有障碍物的时候就会有声音反射过来,要仔细听声音的变化。妈妈不得要领,在黑暗中,她一次次撞到墙上、树上、门上、铁丝上、电线杆上,撞得鼻青脸肿的。摔了跟头,太姥姥从不扶她,总是大声地说:"你要想在这个社会上生存,过好日子,不被别人可怜,就得付出比别人多得多的努力,因为你看不见!"妈妈还小,听不懂这些话是什么意思,哭哭啼啼着自己爬起来。伴着疼痛的记忆,她渐渐学会了听物体的反射声来辨析不同的障碍物,小心地绕行。太姥姥还把硬币丢到地上让她准确找到位置捡起来,不许她在地上摸。抛掷一分、二分、五分的硬币,让她准确答出硬币的面值。后来,太姥姥又教她如何尾随其他行人安全地过马路。五岁那年,小妈妈喜欢上了到公园荡秋千,太姥姥就让她自己乘公交车去,任凭她怎么哭闹也不陪她去。再大些,太姥姥开始教她穿针引线、洗衣服、做饭。她教妈妈做的第一种食物是饺子,她觉得好吃不过饺子,外孙女会包饺子就饿不死了。

  太姥姥对妈妈的管教极为严厉,但严厉外衣包裹的是她对外孙女深沉浓烈的爱。直到太姥姥临终前,妈妈才知道为什么每次在路上摔倒都会有热心人及时扶她起来,原来无论她走到哪里,太姥姥都寸步不离地跟在身后,在她需要的时候无声地帮她,一直跟到妈妈十八岁。

  太姥姥拼命培养外孙女的生存技能,只是为了在自己不能陪伴她的漫长岁月里,她依然能生活得很好。太姥姥总对妈妈说:"你想做什么事情就去做,不要考虑成功在哪里,最重要的是过程。有了过程,总归会有大大小小的收获。"这句话一直激励着妈妈走下去。

  妈妈总说,如果没有姥姥,就不会有自己的现在和未来。

导盲犬珍妮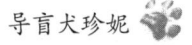

初尝别样风和雨

　　妈妈在刚懂事的时候,就爱用小蜡笔画画,别人看不出她画的是什么,因为她看不清线条,只能简单地分辨颜色。妈妈很喜欢画五颜六色的世界。别人问她长大了想做什么,她总是毫不犹豫地说:"我长大要当一个画家。"太姥姥给妈妈买来画笔,让她摸着从小一起长大的小猫——黄黄学着画。在太姥姥的指导下,妈妈终于会画黄黄了,大家都说她画得很像。妈妈高兴极了,这是她第一次尝到努力后成功的滋味。

妈妈在校园

转眼妈妈到了上学的年龄,太姥姥带着她跑遍了东城区所有的学校,但没有一所学校肯接收她。学上不成,太姥姥就自己教妈妈学文化。

十岁的妈妈懂得了自己和别人不一样,别人能看到的东西自己看不到,但她通过努力,同样能做到别人认为盲人做不到的事情。

有一天,妈妈在北京广播电台的新闻里听说北京有个盲人学校,她就让太姥姥给电台写了封信,询问盲校的地址。几天后,电台回信了,告诉她盲校在定慧寺。妈妈用了两天才找到盲校。在教导处,一位姓牛的老师对她说已经开学一个月了,不能插班。同时,牛老师还对妈妈的视力表示怀疑,一个盲孩

妈妈和盲校同学

子怎么能自己找到学校来呢？妈妈不知如何解释老师才能相信，她又独自去中国残疾人福利基金会找邓朴方主席，还给国家领导人习仲勋老爷爷和教育局小教处写信。在各方的关注下，第二年，十三岁的妈妈终于如愿以偿地踏进了盲校的大门。

在别人无忧无虑地享受上学时光的年纪，妈妈却在校门外苦苦寻觅了六年，她要把流失的时间抢回来。妈妈从三年级开始读，用五年的时间读完了九年义务教育的所有课程。

妈妈从小就对音乐很感兴趣，上学前，太姥姥请老师教过她几年二胡，凭借这一点，她一进盲校就被分进了音乐特长班。在学校里，她又先后学了手风琴、架子鼓、古筝，钢琴还考过了九级。良好的音乐素养为她日后从事钢琴调律奠定了坚实的基础。

学艺谋生难上难

在上世纪90年代，中国残联投入五十万元，把在欧美地区已经有一百多年历史的盲人钢琴调律引进中国，试图为盲人开辟第一条就业新路。经过严格选拔，妈妈幸运地成为北京盲校钢琴调律专业第一批学员。

开学没多久，妈妈就后悔了，钢琴有八千多个零件，不但要知道每个零件的分布，还要会熟练地拆装和维修。如果只是调律倒也不难，难的是还要修琴、做零件，整天和刨子、钉子、锤子打交道，受伤是常事，那段时间妈妈手上没有一块好肉。钢琴调律对一个明眼人来说都是一件很复杂的工作，更何况是盲人呢？有个同学辍学了，妈妈也在想自己当初还不如学按摩呢。李任炜老师的一席话改变了她的想法，他说："你们毕业后，将要承担的是一项艰难而光荣的任务，要铺出一条盲人就业的新路，你们干好了，会有更多的盲人受益；如果干不好，这条路就很难走下去了。全国的盲人都在关注你们呢。"妈妈突然明白了，能不能学会不光是自己的事，这关系到全国盲人的出路。从此，她静下心来，刻苦钻研学业，仔细摸，用心记，每天都要在钢琴边待上十三四个小时，攻克了一个个看似不可能通过的技术难关。

经过三年的刻苦学习，妈妈掌握了欧美最先进的三六度验证技术。她本以为有了好技术找工作是手到擒来的事，可是一切并不像她想的那么简单，她要面对的不是技术问题，而是世人对盲人的歧视、偏见与不信任。她走进一家又一家琴行应聘，一听她说是盲人，琴行的人像商量好了似的一口拒绝，连琴都不让她碰一下。妈妈徒有好手艺，却没有用武之地。

苦闷中，妈妈向李任炜老师诉说了自己的苦恼。李老师说："目前的坎坷肯定是暂时的，正因为是刚开始人们才不理解。等我们干得多了，社会一定会接受盲人调琴的。"妈妈想起一句话：世上本没有路，走的人多了也便成了路。她鼓起勇气，决心和李老师一起踏出一条路来，让更多的人接受盲人调琴。

妈妈又去一家琴行应聘，这次她多了个心眼，没对经理说自己是盲人。经理让她调一台琴试试，妈妈很麻利地调试好了。经理仔细检验后非常满意，告诉妈妈明天可以来上班了，月工资八百元。妈妈的心情是喜忧参半，她犹豫了一下还是说了自己是个盲人。妈妈的眼睛乌黑明亮，和人们想象中的盲人

潜心攻克难关后,妈妈终于上岗了

形象完全不同。经理盯着她犯了难,钢琴卖到哪儿,调律师就要走到哪儿,一个盲人怎么能找到用户家？路上车很多,出了交通事故谁负责？这都是问题。

为了生存和理想,妈妈当即同意与琴行签订一份协议:工伤由自己负责。她请求经理给她一个月的时间去熟悉北京的大街小巷。经理说:"那就试试吧。"

走出琴行,妈妈买了一份详尽的北京市地图,请家人帮忙把图上的地名、车站、胡同、小区等,都抄写成盲文。北京的道路时刻都在发生变化,只背地图还不行,要想清晰准确地熟悉每一条街巷还要实地走在路上。妈妈每天都出去,坐公交、地铁,听报站名核实自己的记忆。周末,妈妈的爱人郭长利只要休息就陪她去远一些的地方认路。郭长利也是个盲人,看不见路,两人手挽手走在街上,至少能给妈妈壮壮胆。妈妈也有背错了地图找不到家的时候,她冒着三十八度的高温在路上溜达了四十分钟也没遇见一个行人,她依稀觉得自己置身于无边的旷野中,孤独无助感让她心生恐惧。找不到回家的路就只能打出租车了,妈妈一上车就问司机这是什么地

妈妈边听边记

方。司机莫名其妙地反问:"不知道这是什么地方,你是怎么来的?"听妈妈说明了情况,司机通常都会热情地给她介绍附近的交通线路,告诉她应该坐几路车回家。

　　一个月过去了,妈妈记住了很多大街小巷,但要找到用户所在的楼号、门牌、小胡同还是很难的。妈妈怕耽误琴行工作,影响自己的信誉,每次她都是提前出门,给路上留出充裕的时间。可是即便如此,她还是免不了因走冤枉路、找门牌号而误了约定时间,有的用户很通情达理,也有的用户明明是自己说错了方位还喋喋不休地埋怨妈妈不守时间,妈妈只好向人家道歉,有时一边偷偷抹眼泪,一边一丝不苟地干活。她谨记李老师的教诲:"不论遇到多大的委屈和困难,都不许蒙人骗人,因

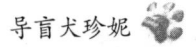

为你们的信誉直接影响着盲人调琴在中国的推广。"

妈妈自打进了琴行就给自己立了一个规矩：去用户家前，绝不告诉对方自己是盲人。这有两个原因，一是用户也许会因为她眼睛看不见来接她，她不想给别人添麻烦；二更重要的是用户没听说过盲人能调琴，担心她把钢琴调坏了，这样她就会失去许多让用户了解盲人调律师的机会。

初到一个陌生的用户家，妈妈总是小心地跟在主人身后走，主人肯定会领她去钢琴旁边。后面的事就驾轻就熟了，她一边调琴，一边教用户钢琴保养的知识。琴调完了，再给用户弹一首好听的曲子。一套流程下来，用户已经和她成了朋友。这时妈妈再告诉对方自己是盲人，用户在惊讶和好奇之余，会更信任她，不仅自家的琴只用妈妈来调，还把有琴的亲戚朋友都介绍给她。

在四年多的时间里，妈妈尝到了各种酸甜苦辣，也收获了许多经验和知识，她和用户的关系越来越融洽了，用户排队找她调琴。报纸、电台、电视台也纷纷报道她的事迹，在一片赞扬声里，她的每一天都很充实、很快乐。

信心比黄金珍贵

妈妈成功了，可她从来没有忘记学校里的师弟师妹，依然牵挂着和自己有同样遭遇的盲人，她尽自己的一切智慧和力量去帮助他们。

妈妈一向很喜欢钢琴家鲍蕙荞老师演奏的乐曲,也知道她有个钢琴城。她请人代笔给鲍蕙荞老师写了一封信,表达了想去她的琴行做调律师的意愿。两天后,鲍蕙荞老师竟给妈妈打来电话,说愿意给盲人这个机会,要她试调给她听。妈妈喜出望外,她按照约定的时间来到钢琴城。琴城经理给妈妈找了两台琴,一台破败不堪,需要全面维修,排除故障;另一台新琴,只需调律即可。妈妈用了三个多小时调修好两台琴,鲍蕙荞老师试弹后连连赞叹,她没想到一个盲人调律师竟有如此全面纯熟的技术,她希望妈妈能在自己的钢琴城上班。妈妈不好意思地和鲍蕙荞老师解释:"我有工作,我是为失业的同学和即将毕业的师弟师妹们应聘的,他们和我的技术是一样的,希望您能给他们一个机会。"鲍蕙荞老师被感动了。她的钢琴城不但陆续接收了妈妈的五六个同学,还答应此后盲人钢琴调律专业的毕业生都可以去她那里实习。

1998年,妈妈所在的琴行销售状况越来越好,售后服务量也随之加大,琴行要求每个调律师每天至少要跑四家用户。用户分布在北京市的十八个郊区县,路上就要占用一大半的时间,而妈妈又不想因时间紧张而降低调修质量应付差事,因为她深知她代表的不是自己,一个人的疏忽就会使用户否定所有盲人调律师。面对这个不可能完成的任务,妈妈选择了辞职做一名个体调律师。

单飞的妈妈得以更自由地安排时间,为用户提供的服务也更周到细致,她的月收入飙升到了六千元。

妈妈常常自问：这算是成功了吗？盲人调琴这条路我算是走通了吗？后来她得出一个结论：一个人的力量是微小的，一个人的成功也不算真正的成功。昔日同窗还在为就业无门而苦恼，即将毕业的师弟师妹仍将重走她不被信任、不被理解的老路，她要尽己所能改变这种局面。妈妈萌生了一个想法：开一家公司，创造一个知名品牌，让盲人调律师得到全社会的认可。这成为妈妈人生的第一个理想。妈妈想让所有中国人都知道，盲人也能调琴，还能调出最好的琴。

1999年，妈妈的梦想终于实现，他们的钢琴调律服务中心成立了，妈妈出任业务经理。她将自己的老客户全部奉献给了中心员工，钢琴调律师们的月收入都在千元以上，而妈妈只能在义务忙完管理事务后，才去调琴挣一点劳务费，月收入一下子降到了六百元。

肩上一下子挑起员工们的生计和梦想，妈妈感到压力很大，而她最苦恼的还是用户对盲人调律师的不信任。开业之初，妈妈接到大量用户投诉，她一一登门检查，发现这些琴调得都很准，机械部分也修得很标准，用户只是想让经理来看看才放心。当这些用户得知经理也是盲人后，又深表歉意。人们不信任盲人的根源到底在哪里？妈妈陷入了沉思。

1996年，妈妈开设了中国首部钢琴公益热线，每晚在电话里为大家义务解答钢琴方面的问题。通过这部电话，她对两千多人进行随机调查，问他们眼中的盲人是什么样子。大多数人的描述是：他们身穿一身破衣服，手拿一根破竹竿，在路上摸摸索索地走，长得很难看，有的没有眼睛。他们有两个职业，街头

第三章 妈妈,你真了不起

接听公益热线电话

卖唱和沿街乞讨。这是一个悲哀的调查结果。

为了让世人对盲人有一个全新的认识,妈妈向许多大企业学习上门服务经验,还为调律中心制定了严格的服务规范。女员工感到最困难的是淡妆上岗。一天,妈妈请来一位学过美容的残联干部教大家化妆。眼睛看不见,光听是学不会的,妈妈率先在自己脸上做实验,经过反复练习,她的脸从花里胡哨的小花猫,变成了令人惊艳的出水芙蓉,她再凭感觉和记忆把化妆的技巧传授给员工。大家都在努力克服不便,力求将每一条服务规范执行到位。

一年之后,钢琴调律服务中心已在用户中赢得了很好的口碑,"要调琴,找盲人"成了很多人的共识。

095

为了进一步开拓国内市场，2002年10月，妈妈创办了北京钢琴调律网。两年之后，她又创办了中国第一家以视力残疾者为主、面向全国调琴的北京陈燕新乐钢琴调律有限责任公司，妈妈任公司总经理。公司盈利除维持公司基本运营外，都用于员工薪金和福利，她依然靠调琴维持生计，不从公司拿一分钱。妈妈笑着说："从公司开业到现在，我们没花一分钱的广告费，都是靠热心用户的口口相传我们才生存下来。现在我们这里每位调律师的用户都排到十天以后了，我的用户已经排到两个月后了，只要我有时间、有精力，就饿不死了。"妈妈用十几年的心血打造出了一块响当当的金字招牌，为盲人就业铺就了一条康庄大道。

　　妈妈说，人没有高低贵贱之分，只是从事的行业不同而已。行行都能出状元，只要努力，哪个行业都能干得很出色。每当她听到别人说，盲人有吃有喝待在家里就行了这类话时，就非常伤心。如果他们也能换位思考一下，如果是他们看不见这个世界，志向就是在家待着吗？盲人也有参与社会的权利，盲人也渴望通过自己的劳动获得报酬。他们虽然看不见这个美丽的世界，但是他们还有耳朵，可以听到美丽的声音；还有手，可以触摸到物体；还有鼻子，可以嗅到美味。只要自己想，就一定能行！

大爱无疆情无价

　　妈妈自己的日子越来越好了，可她从没有忘记那些仍然在受苦的人。

有一年冬天,妈妈听到北京广播电台反复播报内蒙古遭遇严重雪灾,牛羊全冻死了,大雪封路,吃的东西都送不进去,因为受灾,当地的孩子都上不起学了。妈妈和爸爸商量:"咱们给那些上不起学的孩子们捐点钱吧。"求学无门的焦灼和痛苦在妈妈的童年中烙下一道深深的伤痕,现在想起来还心有余悸的妈妈,更是真心希望孩子们都能上学,为未来努力学习。爸爸妈妈四处打听捐款的渠道。当听说北京的青少年基金会能帮助把钱送给内蒙古的孩子,爸爸妈妈便拿着五百元钱来到了基金会,这是当地一个孩子一年的学费加住宿费。工作人员看到爸爸妈妈都是盲人时,特别感动,一再向他们表示谢意,承诺肯定会把这笔钱送给需要的孩子。不久,妈妈接到了内蒙古一个叫孙晓敏的小女孩的来信,她是锡林郭勒第二小学四年级的学生。在信中,晓敏代表全家感谢爸爸妈妈对她的资助!

妈妈的一个盲人朋友听说了捐款的事情,开玩笑说:"咱们盲人不用社会捐献就不容易了,你还捐钱给别人,真是不可思议!"可妈妈说:"别瞧不起自己,不能光想着社会帮助咱们,咱们同样也应该帮助别人。"

妈妈利用自家电话开办了钢琴公益热线,初衷是在音乐知识和钢琴养护方面为音乐爱好者提供帮助,没想到,很多人都在问她的经历,与她探讨人生。每天晚上七点至十点,她都在不停地说话,而且很多内容都是相同的。久而久之,妈妈患上了慢性咽炎,慢性咽炎又引发过敏性哮喘,一犯起病来就要打针输液。爸爸守在妈妈身边,心疼地说:"以后你写本自传,别人就不会一遍遍地问你了。""也许我的经历对于那些身处逆境的人能有点帮助。"妈妈说。

其实,妈妈很早就有出书的想法。八年后,妈妈的愿望实现了。2004年9月,妈妈的自传《陈燕·耳边的世界》出版。2006年,该书被中国新闻出版总署列为向青少年推荐百种优秀图书之一,美国芝加哥大学图书馆将该书列入中文图书目录。2008年,此书被中国人民大学图书馆收藏。2015年,妈妈写的第二本书《听见——陈燕的调律人生》由人民文学出版社出版。

至2012年,钢琴公益热线开办了十六年,妈妈累计义务工作两万多小时。在别人看电视、散步的时候,妈妈则带着一身的疲惫守在电话旁边,耐心地为人们解答着各种问题。她说,热线之所以坚持下来,是因为一件事使她看到了大家需要她。

那是在2001年的一个夜晚,妈妈接到了一个洛阳女孩的电话。她说自己患上一种血液病,无药可医,男朋友的家长不同意他们交往,迫于压力男朋友和她分手了,生命于她已不再有任何意义。她在一档广播节目里听到过妈妈的故事,一直视妈妈为精神支柱。女孩在跳楼前的最后一个愿望是给她打个电话,听听她的声音。听着女孩如泣如诉、断断续续的诉说,妈妈紧张得手心冒汗,她生怕自己说错了哪句话,女孩立刻冲向阳台,那自己岂不成了罪人?妈妈小心地转移她的注意力,聊她的病情、爱好和生活,然后引导女孩换位思考。妈妈想:即使我无法挽救这个生命,多拖一刻,她在这个世上就能多活一刻。

女孩突然冒出一句话来:"你多幸运啊!你有那么多朋友,有爱你的爱人,又有自己的事业。"妈妈"扑哧"一声笑了:"我幸运吗？你看见过各种漂亮的花，我连花是什么颜色都不知道。就因为看不见，我刚五个月大，父母就抛弃了我……"听着妈妈讲述自己的不幸遭遇和坎坷经历，女孩被妈妈的坚强和执着深深感动，轻生的念头渐渐淡了，她意识到自己或许也可以微调一下仓促的脚步，在画上句号之前留下一抹精彩。

后来，爸爸一听到谁跳楼自杀就对妈妈半开玩笑地说："哎呀，怪可惜的，那人要是跳楼前给你打个电话就死不了了。"

如今，羽翼丰满的雨燕有了搏击长空的力量，妈妈彻底颠覆了传统意识对盲人的定位，她也在用各种方式回馈社会。尽管新乐钢琴调律公司完全具备免税条件，她还是要求财务人员一分不差地缴税。她说："残疾人也是国家的一员，只要条件允许就应该照章纳税。"

妈妈多次为希望工程、灾区、智障孩子、大连导盲犬基地捐款，每月还要给一位四十七岁的盲人大哥送一些生活费。

这位盲人叫小友，住在密云，距爸爸的老家只有两公里。小友没上过学，他的母亲去世了，父亲年纪也大了，小友一事无成，贫困潦倒。妈妈送小友去学按摩，可他身体素质不好，心理素质更差，考试时居然吓晕了。后来，妈妈又帮他开了个小卖部，卖些简单的日用品，不想他又收到了一百元假钞，小友一气之下血压升到了一百八。妈妈和爸爸商量后决定，每个月给他一些生活费，再不时给他买些衣服、食品送去，只要他一息尚存就不能不管他。小友感动得热泪纵横。

2008年10月，陈燕钢琴启智教育中心开业了。

说到办启智教育中心的缘由还是小女孩萌萌带给她的启发。

2006年,妈妈得了一场大病,医生下了病危通知书。妈妈病重的消息一经媒体报道,很多热心市民纷纷来医院看望她,其中就有五岁的萌萌和她的奶奶。

萌萌是个弱视女孩,只有0.2的视力。父母嫌弃萌萌,想把她送人,因为眼睛的问题没人愿意要。爷爷奶奶把萌萌抱回家,带她去学钢琴,婆媳俩经常为萌萌的学费而争吵。奶奶边哭边讲,懂事的萌萌用小手给奶奶抹着眼泪。此情此景刺痛了妈妈的心,这不正是小时候的自己吗?妈妈含泪拉着奶奶的手说:"如果您相信我,萌萌长大后就跟我学调琴,通过她的努力,她会得到大家的认可,过上幸福生活的。"

妈妈病愈后,经常把萌萌接到自己家中,教她弹钢琴,跟她一起玩。在这几年中,萌萌进步飞快,她的声乐考过了七级,钢琴考过了中央音乐学院的六级,还在全国钢琴比赛中获儿童组二等奖。陈燕启智教育中心是萌萌的亲二姑和小姑高杰、高军开的,她们想把妈妈遇到困难依然坚持到底的这种精神传给更多的孩子们。开业之初萌萌的两个姑姑对妈妈说:开这个学校不用你出一分钱,只要让我们用你的名字就行了。等以后我们挣了好多钱,就给你买大房子。妈妈从来没有想过天上能掉下馅饼这样的事情,开了这个学校,只要让更多的孩子们受益就好。萌萌的两个姑姑对创业没有经验,学校开业不到一年资金方面出现问题,导致姐妹两个以她们父亲的名义借了高利贷。当她们的父亲病危住在医院的时候,债主上门,高杰没办法只能跟妈妈借钱还高利贷。妈妈听说后很犹豫,不能看着萌萌的爷爷死不瞑目呀,但六年前爸妈贷款买的经济适用房,至今贷款都没有还完,家里哪有二十万块钱呀。在高杰再三恳求下,并保证半年一定还上。妈妈跟她的五个朋友借来了这二十万元给高杰还了高利贷,萌萌的爷爷终于能放心地走了。这件事情爸爸在妈妈借钱的时候就非常反对,他说:"不论多好的朋友,只要牵扯到金钱就不一定是好朋友了,你那么相信别人,如果高杰还不上这些钱怎么办,你想过后果吗?"后来高杰在半年里又陆陆续续地跟妈妈借了很多钱。妈妈总是心软,总跟爸爸说:"不能看着萌萌的姑姑们无法做人。"可妈妈当时没有想到,她的好心换来的是无尽的苦恼,最后爸妈一起替高杰还债十多年。人的一生能有几个十年呢?因为这件事情爸妈之间产生了隔阂。三年后妈妈了解到以自己姓名命名的学校教育理念有问题,就书面提出不再让启智教育中心用自己的名字。高杰书面同意不再用"陈燕"这个名字。但九年后这家学校开了分校,两个学校都还在用妈妈的名字,可在2009年高杰向妈妈借的几十万块钱却没有还,在2017年5月2日妈妈将高杰和她们的学校告上法庭。这是个悲剧,看了我这本书的朋友们可千万不要轻易借钱给别人呀,这对于妈妈来说,真是一件终生遗憾的事情了。在无边的黑暗中,妈妈执着地追寻人性的光明、生命的光明,也因此创造出了一份独有的绚丽。

2008年9月6日,在第十三届残奥会的开幕式上,妈妈登上了世界舞台。回首自己走过的路,妈妈说了一句话:"我一直坚持自己能做的事情自己做。人的潜力非常大,看你怎么去努力,看你把自己摆在什么位置。我想用实际行动证明,盲人可以摆脱命运,像正常人一样过上幸福的生活。"

我的幸福我做主

妈妈的爱人郭长利毕业于北京盲校按摩专业。在盲校读书时,妈妈是校花,身边不乏追求者,而且各个条件都不错,可她偏偏看上了爸爸这个农村来的穷小子。爸爸学习好,是学生会主席、校广播站的主持人、校乐队的配器队长。爸爸的声音条件很好,因家庭经济条件所限,他没能去考长春特教学院。最初,也正是他那洪亮清透的音色打动了妈妈的芳心。妈妈有颈椎病,经常找按摩班的学生治疗,受累的十有八九是爸爸。爸爸特别热心,在一个周六的下午,他跑了十三趟小卖部,就为了帮同学买方便面。妈妈听同学说,看一个人好不好,不仅看他对你怎么样,还要看他对周围的人怎么样。她考虑了很长时间,觉得爸爸除了相貌平平和太穷以外,人好得没得说了。

爸爸毕业后,在北京按摩医院实习,妈妈仍旧是他的病人。一个周六的晚上,妈妈主动约爸爸出来,羞涩地说出了自己的心事。爸爸也很喜欢这个小学妹,可自己是农村户口,在90年代初,农村户口是不可能找到正式工作的,家里又穷得叮当响,哪有资格谈情说爱啊!妈妈那股不服输的劲儿又来了:"没有钱怕什么?以后咱们一起挣。如果你跟我结婚了,户口也能转成城市户口,你有了户口就能找到工作了。我一定会给你带来幸福的!"爸爸沉默了一会儿说:"明天我带你去我家看看吧,你敢去吗?""那有什么不敢的!"妈妈斩钉截铁地说。

第二天,爸爸就带妈妈去了位于密云县农村的家,低矮的房子里没有一件家用电器,没有一件像样的家具。坐在郭家硬邦邦的土炕上,妈妈才知道原来北京还有这么穷的地方。密云之行,妈妈感受最深的不是贫穷,而是浓浓的亲情。爸爸的父亲在他十三岁时去世了,两个姐姐放弃学业供三个弟弟读书,后来,爸爸的两个弟弟也因家境贫寒先后辍学,一个学烹饪,一个做了司机,姐弟四个合力供爸爸一人享受最好的教育。他们始终清楚地记得他们父亲的临终遗言:"一个健全人有多大本事就吃多少饭,就是什么都不会,捡破烂也饿不死。但一个残疾人如果没有一技之长,生活起来就难了。"

妈妈被爸爸一家的姐弟深情感动得热泪盈眶。妈妈听说自己的父母是很有钱的商人,可因为妈妈是盲人,她失去了一个完整的家。妈妈喜欢郭家的每一个人。在回北京的路上,妈妈对爸爸说:"我不在乎经济条件,未来的生活要靠自己,不能靠别人,两人奋斗出的生活滋味更好。"爸爸感动地紧紧握住妈妈的手。他们看不见彼此,却感受到了对方传递来的温暖和幸福。

爸爸没有房子,没有钱,没有北京户口,没有固定工作,妈妈选择了他也就选择了艰难与困苦。太姥姥坚决反对妈妈嫁给一个盲人,她希望妈妈能找个健全人,领她一生,她才放心。妈妈背着太姥姥偷出户口簿,和爸爸办理了结婚登记。

1994年11月20日,爸爸妈妈举行了简单的婚礼。没有婚纱照,没有钱买第二身新衣服,没有大办婚宴,没有买一样首饰,没有婆家的彩礼,就这样,妈妈成了人家的媳妇。妈妈觉得

甜蜜的小两口

特别对不起她的姥姥,姥姥养她这么大,但在婚姻上妈妈却没有听姥姥的话。爸妈商量好,一定要努力工作挣钱,一定要让姥姥晚年的生活幸福。

为了不让姥姥操心,婚后,爸爸和妈妈在北京租了一间六平米的石棉瓦房子,屋顶还破了个大窟窿,看得见天。因为房子小,妈妈只能在院子里做饭,晴天还好,要是刮风下雨,就只好打着伞做饭了;夏天天气太热,小小的屋子简直变成了蒸笼,热得妈妈心率过速,为了降温,爸爸拿脸盆接了水,往房顶上泼;冬天太冷,屋里点上了煤球炉,为了买煤,爸爸妈妈借了辆三轮车,摸摸索索地推着去拉煤……俗话说,贫贱夫妻百事哀。在爸爸妈妈这里,却只有夫妻同心渡难关。爸爸叫妈妈

"咪咪"，妈妈称爸爸"利利"，两个人相扶相携着往前走，在别人看上去的苦中咀嚼着自己的幸福和甜蜜。

因为房子是租的，搬家就成了经常的事，这也是让妈妈最头疼和发怵的事情。有一年，农历腊月二十九那天，房东通知妈妈搬家，还说越快越好。明天就是大年三十了，上哪里去找房子啊？妈妈好说歹说，房东才不情愿答应宽限一下，要他们大年初五之前一定搬走。因为找房，爸爸妈妈也不能回老家过年了。大年三十那天晚上，家家户户都在看着电视吃团圆饭，可爸爸妈妈除了冰箱，没有别的电器了。这是他们结婚后，小两口单独过的第一个春节。妈妈总喜欢热热闹闹地过春节，可现在，她心里有种说不出的凄凉。俩人就这样默默对坐，许久，爸爸低声说了一句："咪咪，咱们离婚吧。"妈妈吓了一跳，惊愕地望着他。"结婚之前，我答应姥姥一定给你幸福。但婚后我没有做到，我让你受的苦太多了。凭我的能力，是永远也不会有自己的房子的，这种居无定所的日子只会让你受苦。"说着，爸爸的眼泪掉了下来，给妈妈唱起了《蜗牛的家》："密密麻麻的高楼大厦，找不到我的家。在人来人往的拥挤街道，浪迹天涯。我身上背着重重的壳，努力往上爬。却永永远远也跟不上，飞涨的房价。给我一个小小的家，蜗牛的家。能挡风遮雨的地方，不必太大。给我一个小小的家，只是小小的家，一个属于自己温暖的，蜗牛的家……"听着这歌声，妈妈抱着爸爸哭了。在这个年三十的晚上，在这个家家户户高高兴兴过节的时候，在这个狭小清冷的家中，两人却相拥而泣。大年初三那天，漫天飞雪，正处在过年喜庆日子里的人们都兴致十足地赏雪景、打雪仗，洁白的雪地里踟蹰着两个人和一辆车的身影，那是爸爸妈妈在搬家。三轮车上装的是爸爸妈妈的全部家当，妈妈前面扶着车把，爸爸在后面费力地推着。白雪茫茫间，冰雪泥泞的路上，留下了两个人的脚印和三轮车的轱辘印。坚强的妈妈劝慰爸爸："别难过，也许咱们以后攒钱能买到自己的房子。我相信幸福的生活就在不远处等着我们。"

虽然妈妈不知道脚下的路在哪里，也无法预知以后的路还会有多坎坷。但是为了爸爸，她一直坚强地走下去，不管有多少艰辛，妈妈都会永远陪在爸爸身边。只要有美好的憧憬，妈妈就会往前走，她觉得人只要有目标，就会向前去努力。

我们的新家

十年后,美好的憧憬成为了现实。2004年,爸爸妈妈终于在北京的天通苑小区买了一百多平米的房子,结束了多年的漂泊生活,有了自己安定而幸福的家。

新家很大,有大客厅、大厨房,还有大大的飘窗。妈妈让工人师傅在家里装了六十六盏灯,虽然平常基本不开,但朋友们来的时候,妈妈一定要全部打开。她想告诉大家,阳光、色彩、万物,在一个盲人心目中会更加绚丽。

有梦就会有希望

随着时间的推移,有更多的人知道了盲人可以调钢琴,妈妈和她的同学们有了更多的钢琴客户,妈妈还开了一个小小的钢琴行。琴行里面的钢琴都是妈妈亲自选来的,然后再根据弹琴人的手型和性格配套卖给他们。一天妈妈去她的钢琴行,从家到琴行也就一千多米,正在走着的妈妈突然听见一阵风声,接着是一阵巨大的响声,一辆车撞飞了妈妈。等妈妈醒来时,自己已经躺在医院里了。她只觉得天在转,地在转,床也在转,就像坐过山车一样。妈妈以为自己得了脑震荡,可是,半个月过去了,头晕的症状不但没好转,右耳朵又开始耳鸣,海浪似的声音轰隆轰隆地呼啸不停,医生的诊断结果是:功能性病变。

在妈妈的世界里,没有斑斓的色彩,没有形状各异的物体,更没有金色的阳光,但她的生命里有悦耳的音乐、鸟儿的鸣叫、小草的摆动,甚至连猫走路的声音都能听得清清楚楚。耳朵就是她的生命。耳鸣时间长了慢慢会影响听力,最后有可能导致耳聋。盲人主要靠耳朵走路,如果再失去了听觉……妈妈不敢想下去了。

　　住院的日子无比枯燥和难挨,妈妈每天就在空闲的时候叠星星。因为她听说,数一万颗天上的星星就能许个愿望,就能梦想成真。可妈妈从来没有看见过天上的星星是什么样子,她只记得小时候姥姥教她唱过的儿歌《小星星》:"一闪一闪亮晶晶,满天都是小星星,高高挂在天空中,好像宝石放光明……"数不了星星,妈妈就叠星星。在病友的帮助下,妈妈学会了叠星星,她要自己亲手叠一万颗星星。

　　有梦总比没梦好不是吗?

　　或许是妈妈的诚心感动了上天,或许是打针、输液起了药效,也或许是那个美丽的传说是真的,八个月后,妈妈的耳朵一天天好转起来。这时候,妈妈接到了一个电话,是著名歌唱组合羽泉的经纪公司打来的。工作人员告诉妈妈:"羽凡和海泉听说了你叠一万颗星星的故事,很感动,想来看看

妈妈也曾有过迷惘

羽泉探望妈妈

你。"妈妈知道羽泉,知道《叶子》,那首歌是写给盲人的。

羽泉真的来了,妈妈真的摸到了唱《叶子》的人。他们两个在病房里给妈妈唱了《叶子》,妈妈把《陈燕·耳边的世界》送给他们,还给他们画了一张画,两只猫,很瘦的一只是陈羽凡,相对胖一点的是胡海泉。

听说他们要办演唱会,妈妈说:"如果演唱会那天我能去现场,你们俩唱《叶子》这首歌时,我能给你们弹琴伴奏该多好呀!"海泉说:"好啊!如果那天你病愈出院,你的愿望会实现的。"妈妈激动得跳了起来,高兴地说:"我已经叠了九千五百六十颗星星,等叠到一万颗的时候,我的病就都好了,就能去你们的演唱会给你们弹琴伴奏了。"

在平安夜的这一天,妈妈终于出院了,参加了羽泉的演唱会。令妈妈没有想到的是,她竟然真的是2010羽泉演唱会的第一个特约嘉宾。羽泉在舞台上深情地说:"今天,我们要把《叶子》这首歌送给一个特邀的嘉宾,她是一个盲人,前不久她的耳朵出了点问题,今天她出院了。她的梦想是用钢琴弹奏《叶子》,今天我们就把《叶子》改成《燕子》送给她。"抑制着心中的激动,妈妈走上台去。

"你的耳朵真的好了吗?"海泉说,"我先考考你。"他弹了一串音符,问妈妈:"这琴准吗?"妈妈说:"这琴是电钢琴,不能调。音准还可以。"站在旁边的羽凡接着问:"你心中的红色是什么样的?用音乐表现出来吧。"妈妈弹了几个宏大的和弦。他又问:"那白色呢?"妈妈又弹了一连串的半音阶。海泉又问:"今天会场是什么颜色的?"妈妈想了想,说:"是蓝色的。因为天空和大海都是蓝色的,同在蓝天下,我们都能感受到蓝色的广阔。"

音乐起,羽泉对着妈妈唱起了属于她自己的歌:

> 有一个失明的女孩叫燕子,
> 是我的好朋友。
> 我知道在她心里面,
> 能看得见一切。
> 在她透明的心儿里面,
> 有一个角落,
> 那里停放着

善良的故事和动人的传说。
这个世界没有欺骗也没有争夺。
美丽的女孩叫燕子,她经常这么说。
在她透明的眼睛里面,
有一片湖泊,
那里沉浸着
喜悦的伤感和忧郁的快乐。
它的水面上没有涟漪也没有颜色,
长长的睫毛闪烁着无尽的猜测,
燕子问:
爱情是什么颜色的?
如果忧郁是蓝色的。
快乐是什么颜色的?
如果寂寞是灰色的。
天空是什么颜色的?
如果汪洋是蓝色的。
我说天空也是蓝色的,
因为他们彼此相爱了。
爱情是什么颜色的?
如果记忆是模糊的。
渴望是什么颜色的?
如果时间是静止的。
永恒是什么颜色的?
如果呼吸是短暂的。

我想我只好沉默,
因为这问题地球也在思考着。
透明是什么颜色的?
如果风儿是快乐的。
燕子的眼睛是透明的,
心是快乐的。

妈妈坐在钢琴前,很投入地弹着,她那大大的眼睛闪烁着亮光。台下的近万名观众一起为她歌唱,那一刻,所有的灯光都为妈妈一人而亮……

本以为这场车祸造成的后果就要过去了,没想到仅仅两个

妈妈在羽泉演唱会上

月之后居然又复发了，妈妈又一次坐在轮椅上住进了医院。已经吃了太多的苦，遭了这么多难，难道人生的苦难就没有尽头吗？如果眼睛能看见，妈妈还是现在这个样子吗？

妈妈有很多头衔，要做许多工作：妈妈有个钢琴调律公司，需要她分出一部分精力去管理；妈妈有个钢琴行，她卖的钢琴都是她亲自选回来的。妈妈有时候白天还会去客户家调琴，每天晚上接听钢琴公益热线；妈妈还是北京市东城区盲人协会主席，她还要组织大家搞活动……很多事情都等着她去做。

可是，现在不仅眼睛看不见，而且耳鸣头晕，还坐在轮椅上，妈妈还能做什么呢？妈妈心里开始胡思乱想："郭德纲曾经在相声里说，猫有九条命。我是猫，开过来一列火车，从我的身上压过去了，再看，我活了。另外一个相声演员说，不对，死了，因为火车有十节。我是属猫的，可这是我的第十次手术呀，我还能坚持下来吗？"备受病痛折磨、心灰意冷的妈妈开始逃避治疗。

人还在，就有希望！这时，爸爸告诉了妈妈一个好消息："中国已经在培训导盲犬了，这是盲人的福音啊！"导盲犬？这是妈妈第一次听说的新鲜名词，有了导盲犬，就等于给自己找到了另一双眼睛，就能看见这个世界。这个希望唤醒了妈妈的勇气。

不知道爸爸从哪里找到了"中国导盲犬之父"王靖宇教授的电话，他给王教授发短信说了妈妈的情况。没想到，王教授很快回电话，答应妈妈4月份到大连来领导盲犬。知道这个消息，妈妈兴奋得一夜没睡。她从来没有想过，如电影中小Q一般可爱的导盲犬会出现在自己的生活中。

  导盲犬是盲人的眼睛,但人家绝不会给一个坐在轮椅上的盲人配备导盲犬的。妈妈出院回家强行练习行走。她已经一年没走路了,腿部肌肉严重萎缩。兴奋而又急切的心情驱使着她,扶着桌椅墙壁从房间里走到外面。说来也怪,眩晕和耳鸣竟然莫名其妙地减轻了。妈妈说,这都是我和爸爸给她带来了希望与福音。

第四章　有家,就有爱和欢笑

家是爱的港湾,是快乐的城堡,有家就有爱和欢笑。

我有了新家

北京的新家客厅好大,在最显眼的位置有一架白色的钢琴和一个白色的展示柜,我往里面一看,全是各种各样的猫。我有点郁闷。以前我的犬舍里养过一只白猫,我一跟他说话,他就骂我,我才不喜欢猫呢。没想到新妈妈这么喜欢猫,以后我还能有地位吗?妈妈似乎猜出了我的想法,温和地对我说:"珍妮,猫是我童年唯一的伙伴,我跟猫有一段很深的感情,以后讲给你听。"我没注意她又说了什么,径自走到钢琴前,哇!这架钢琴好漂亮啊!琴身上闪耀着珍珠般幽幽的白光。旁边的花瓶也很漂亮,一丛疏疏翠竹,点缀几朵粉色的花。墙边还有几个大鱼缸,奇怪的是里面没有鱼,只有一些五颜六

我有了新家

色的小星星闪闪发光。

在好奇心的驱使下,我开始到处看、到处闻,用眼睛和鼻子探索新家的每一个角落。我巡视了许久,很满意。

为了欢迎我的到来,爸爸妈妈特意为我准备了一间小房子。房子是白色的,有圆形的拱门,门的周围布满了粉色的花朵。走进房间,里面贴着崭新的壁纸,图案是红色的砖瓦。不错,比基地的笼子漂亮多了。

妈妈告诉我,这个家我有两个地方不能去,一个是厨房,另一个是妈妈的卧室。妈妈去卧室休息了,说过一会儿带我去买狗粮。我尴尬地站在妈妈卧室门外琢磨,厨房不能让我大黑狗进,我能理解,但是妈妈的卧室为什么也不让我进?爸爸解释说:"你妈有洁癖。"我不知道什么叫"洁癖",爸爸又听不懂我的问话,但我明白了,妈妈的卧室是禁区。可我不愿意去我的房子里,那里虽然精美,但太狭小,我喜欢宽敞高大的房间,所以就蹲在妈妈的卧室

我蹲在妈妈的卧室门口等她

门口等着她。

过了好一会儿,妈妈睡醒了,开门走出来,她伸手一摸,摸到我在门口蹲着,感动地问:"珍妮,你一直在这里等我是吗?"爸爸赶紧走过来说:"她多可怜呀,你还不让珍妮进卧室。"妈妈想了想说:"以后就让珍妮进去吧,晚上可以把她的垫子拿到卧室的床边,让她和咱们一起睡。"我舔了舔妈妈的手,妈妈,你真好。

我的床

我带着妈妈来到宠物店。当然,初次来到北京,我根本不知道哪里有宠物店,是妈妈用语言指挥我走的。这个宠物店在龙德广场里面。我们顺利地进入广场,没有人阻拦。我想:在大连有的地方会不让我们进去,在北京这么大的卖场都能一路畅通,不愧是中国的首都,以后我出行就方便了。

可是我在北京生活的时间越长,就越能够体会到"举步维艰"这四个字的无奈,以至于妈妈为了宣传我们导盲犬,不得不放弃她的一半事业。不过,那是后话了。

我们来到乐宠,这里有很多我喜欢的食品和玩具,我高兴得直撒欢。售货员阿姨给我拿来各种狗粮让我试吃,我来者不拒都吃了。这可让妈妈为难了,她问:"珍妮,你到底爱吃哪种

我最喜欢玩球

粮食呀？"最后妈妈给我做主选了最贵的狗粮。我又带妈妈来到玩具柜台前，妈妈明白我的用意了，她买了皮球、飞碟、拉力器、不倒翁，这么多玩具都是我的了。我高兴地站起来抱住妈妈，嘿嘿，我的好妈妈！你对我太好了！

任性的孩子

妈妈带着我来到北京电视台，刚从一个五十多岁的阿姨身边路过，她看见我突然叫起来："这么大的狗怎么进来了？吓了我一跳。"这是她说得最好听的一句话了，接着她就开始说难听的，我特佩服妈妈，她的忍耐力可真强，就像没听见一样。那个阿姨更生气了，指着妈妈越说越难听。旁边的人听不下去了，站出来主持公道说："您能素质高一点吗？狗怎么了？也没有咬您，不就是从您身边路过吗？您至于这样吗？"那个阿姨见有人反驳她，便不作声了。

我们到了演播厅，主持人不让我戴鞍子上台，妈妈说："不戴鞍子我可不相信大黑狗，她一高兴指不定把我带哪里去呢。"妈妈，你可真小瞧我。

妈妈先熟悉了上台路线，随后节目开始录制。我们走上台，和主持人一起迎接我们的还有一个很大的毛绒玩具——乐乐。我对这个大玩具非常感兴趣，我不明白为什么这个玩具会有人的味道，妈妈告诉我，这是由人穿上卡通玩具的衣服扮成的乐乐。原来如此，我明白了。

妈妈开始和主持人交谈，我便乖乖地趴在妈妈脚边。台下的观众都注视着妈妈，我倍感冷落，就开始哼哼，我也想让主持人采访我。一会儿，主持人让妈妈表演一个节目。妈妈想了想说："我跳铃铛舞吧。我在家练习的时候，珍妮就趴在我身边看着我，不过我上台表演的时候，她会跟我互动。请大家配合一下，给珍妮鼓掌。"大家随着音乐开始鼓掌，我兴奋了，跟着乐曲又叫又跳，大家的掌声更热烈了，我跳得也更高了。表演结束，主持人送给妈妈一个毛绒玩具。为什么没有我的？我也表演了呀，不给我，我自己找去。我在舞台边上找到了一个毛绒大狗熊，在台上自顾自地拖来拖去，那叫一个陶醉呀。妈妈大喊："拉布拉多，把玩具放下！"我玩得正高兴，凭什么给你？节目组的编导上台说熊是他们的舞台道具,妈妈命令我坐下不许动,道具熊才被拿走了。该我表演了,妈妈用双语指挥我走路。主持人也想试一试,她刚拉着我走出几步,妈妈轻声唤我的名字,我赶紧跑回妈妈身边,把主持人硬是拉了回来。大家为我的表现鼓掌,我也倍感自豪。妈妈还在接受采访,我听着索然无味,一扭头看见不远处就有好玩的,立刻跑了过去,把一只玩具驴子叼到台上甩来甩去,玩得不亦乐乎。台下的观众发出阵阵笑声。妈妈制止不了我就大喊:"大黑狗!你太不听话了,哪里像导盲犬呀!"大家笑得更厉害了。妈妈跟我要驴子,我不给,就像一个任性撒娇的孩子,这可是我找来的。编导大方地说:"这是我们的布景,就送给珍妮好了。"

妈妈摸着我的耳朵,无奈地说:"真是一个孩子!"再不听话,我就给你戴上导盲鞍。

可不是吗?妈妈,我就是你的孩子啊!

妈妈,我想你

晚上睡觉的时候,妈妈摸着我的毛说:"珍妮,明天妈妈要去厦门做励志演讲,我很想带着你,但是现在中国对导盲犬的认知度还不够,所以没办法让你陪在我身边。宝宝,我答应你,在你有生之年我会努力让大家知道导盲犬,你会慢慢地畅通无阻的。"我用前爪抱着妈妈哼哼,不行,我就要跟你去嘛……可惜妈妈听不懂我的话。

第四章 有家,就有爱和欢笑

我想妈妈

　　第二天清晨,妈妈在我的注视中出门了,我好伤心,你怎么舍得把你的"眼睛"放在家里?妈妈恋恋不舍地拍拍我的头,说:"宝宝等着我,过几天我就回来。"几天是多少天呀?我对这个时间没有概念。我开始蹲在门口等妈妈,蹲累了就趴下等。晚上爸爸叫我到客厅玩,我不去,我还要等妈妈呢。爸爸给妈妈打电话,告诉她我在门口等她,不吃、不睡。爸爸开了免提,我听见了妈妈的声音,妈妈在电话里对我说:"珍妮,我讲完课马上回家抱你,跟你玩球,快别在门口等了。"我听见妈妈哭

123

导盲犬珍妮

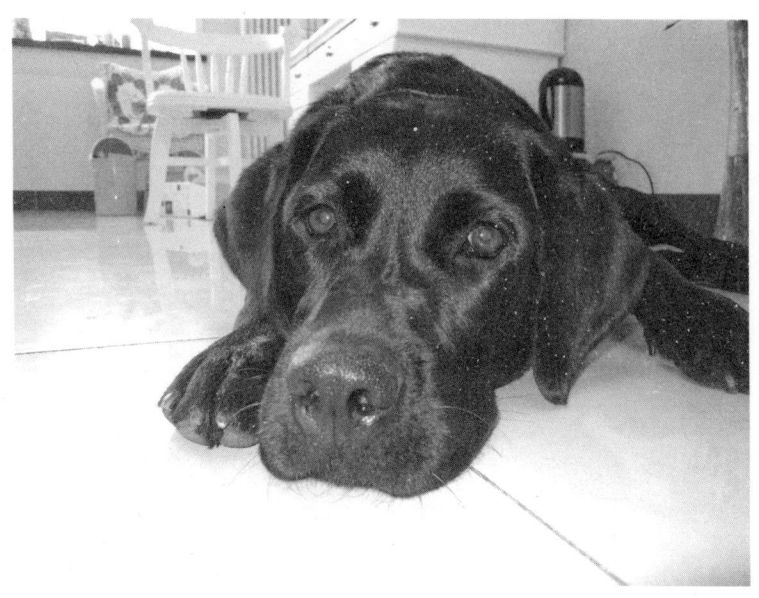

妈妈,你快回来吧

了。我也想哭,妈妈,我想你。

等了一天又一天,就在我即将失去耐心,想冲出门去找妈妈的时候,我听见了妈妈熟悉的脚步声。我赶紧迎到门口。门"吱呀"一声开了,真的是妈妈回来了。我一头扑进妈妈怀里,用温热的舌头舔着她的手:"妈妈,以后你不能把我放在家,我要跟你去。"妈妈和我亲了又亲,抱了又抱,说:"珍妮,妈妈也想你啊!如果是过去,我不会这么着急赶回来的,因为实在是太累了。可现在,你还在家等着我呢,我要尽量缩短离开你的时间。"呵呵,妈妈也一样离不开我。

妈妈从箱子里拿出一个漂亮的花球给我玩,我好喜欢这个礼物,赶紧把它叼在嘴里。我一边玩,一边听妈妈说:"我这次去厦门讲课,听课的都是工作业绩非常好的成功人士。一共去了七位讲师,我是其中之一。我讲的是我自己的经历,讲的过程中,许多人都感动得流泪。我还拿出了我自己画的猫,被拍卖了一万元。"妈妈拿出了一个信封说:"珍妮,这里面就是我画画的拍卖款,这是我给你们学校的第一笔捐款。"我舔舔妈妈,你真好,这样就能给我的同学们买肉骨头吃了。

妈妈接着说:"我讲完课就坐飞机回来了,我不放心你呀!如果没有你,我会去鼓浪屿玩几天的。2007年我去厦门讲课,就去了鼓浪屿和钢琴博物馆。在钢琴博物馆,有几百年来各种各样的钢琴。博物馆的工作人员知道我是盲人后,还破例让我摸了部分钢琴。鼓浪屿美极了,那时我就想,以后如果有机会再来一定多住几天,好好玩玩。"

我躺在妈妈的身边,嗅着妈妈身上散发出来的熟悉味道,听着妈妈讲那个美丽的地方。我恍若看见了蔚蓝的大海,看到了鼓浪屿上古香古色的小巷,看到了日光岩那高耸的山峰。我带着妈妈走在石板铺成的小路上,闻着两边店铺里飘出的香味。妈妈在工艺品店里摸着自己喜欢的猫。我领着妈妈来到梳妆花园,来到钢琴博物馆摸她钟爱的钢琴。夕阳西下,我领着妈妈来到海边,海水轻柔地拥吻我的四肢,沙滩上留下了一串串我们的脚印。我跟妈妈一样也喜欢大海,喜欢沙滩,喜欢亲近大自然……忽然,我听见妈妈在叫我:"宝宝回你的窝睡觉去。"唉,原来我是做了一个美梦呀。

野游一日

今天是个好天气,早晨妈妈开始收拾东西,我想她一定是要出门了。哼!可别想又丢下我,我可不愿意!我紧紧跟着她,不让她偷偷跑掉。虽然我不知道她要去哪里,但是去哪里都比自己待在家里强,独自面对大大的房子,静悄悄的家,好无聊呀!我看到妈妈往包里装我的食盆和零食,看样子妈妈会带上我的,这下我就放心多了。

八点的时候,爸爸妈妈和我一起出门了。当然不是步行,是"老鼠叔叔"来接的我们。"老鼠叔叔"是私家车司机,妈妈经常包他的车,日子久了,大家就很熟悉了。因为他属鼠,我就叫他"老鼠叔叔"。我很喜欢"老鼠叔叔",他从来不会因为我是一只导盲犬而拒载我,虽然刚开始他也有顾虑,怕我上车把他的车座弄脏了。大家还是不了解导盲犬,我们专门有一个训练课目,就是使用者坐在副驾驶位置上,我们蹲在他们的脚下,或者导盲犬的主人在后座上铺一个床单,导盲犬就不会把座位弄脏了。"老鼠叔叔"只拉了我一次,就喜欢上我了。他说我很懂事,跟宠物犬完全不一样。

在车上妈妈对我说:"今天我们去野外烧烤,还有爸爸的老师和学生。"下车了,我数了数,算上我正好十个人。他们开始埋锅造饭,妈妈的任务是看着我。妈妈说:"你呀,哪里像导盲犬?人家的导盲犬放开都是自己跑着玩,你还要一个人陪着玩,简直是个宠坏了的孩子。"哼!别说我坏话,如果你不看着我,不就要干活了吗?让你歇会儿还不好?

大家开始点火,弄得乌烟瘴气的。我缠着妈妈陪我玩球。妈妈总是说我上辈子是打网球的,嘿嘿,也许吧。当我跑得上气不接下气的时候,我闻到了香味,是烤羊肉串的味道,拉布拉多的鼻子是谁也比不了的。他们都在吃着美味,没人理我。我把鼻子凑到妈妈拿的羊肉串边上,妈妈赶紧把肉塞到自己嘴里,也不怕烫着,真是小气!妈妈拿出我平日吃的零食给我,那味道和新烤出来的羊肉串差远了,可我一点办法也没有,妈妈在我的饮食上要求非常严,从不让我乱吃东西,而且说不让吃

我喜欢野游

就坚决不让吃,从来就没有通融过。我吃完零食,趁妈妈不注意去捡他们掉在地上的肉块,妈妈听到我嚼东西的声音,一把捏住我的长嘴,坏了!我要挨打了。妈妈平时很宠我,不论我做什么坏事,她都不惩罚我,但就是不允许我在外面捡东西吃。她说,如果吃到毒药我的小命就没了。妈妈总是吓唬我,地上哪里有那么多毒药等着我吃呀?等妈妈掰开我的嘴时,肉已经吞进我肚里了,妈妈生气了,大声地训斥我:"你以后再也不许捡东西吃,不然你就是没人喜欢的垃圾狗!"随着年龄的增长,拉布拉多爱在地上搜索吃的东西的习惯在我身上消失了。我知道妈妈很不喜欢我在地上找吃的。

妈妈和他们在一边大吃大喝,我看得眼馋,就哼哼唧唧地在周围转来转去。吃饱喝足了,妈妈躺在吊床上休息,我玩兴大发,把两只前爪搭在妈妈肚子上,妈妈痒得哇哇大叫。这一刻被同行的阿姨用相机记录了下来。

我又闻到了烧烤玉米的香味,"老鼠叔叔"给了爸爸一个玉米,我往上一蹦,头就挨到了爸爸的头。你们千万别误会,我没有抢玉米的意思,只是想近距离看看,我们导盲犬是不能抢夺食物的。还是妈妈疼我,她把玉米吹凉了,掰下玉米粒喂我。哇!玉米好香呀!

吃完饭,大人们开始陪我玩,妈妈说她可解脱了。哼!陪我玩难道不是件幸福的事吗?

你说,大人们玩点什么不好,非要比赛看谁把我的球扔得远。我晕!他们可都是做按摩的呀,一个比一个有劲。扔得最远的是同哥哥,他的体重有二百多斤,劲能不大吗?他用力一

我把前爪搭在妈妈肚子上

扔,大家都看不到球了,不过,这可一点也难不住我,眼尖的我早就瞅见球的位置了,我很喜欢这种搜索的工作。没过多会儿,同哥哥就累得满头大汗,我也跑得气喘吁吁了。

这时,只听到妈妈那边传来"咕咚"一声,原来是吊床的绳子断了,她一下子掉到了地上。哈哈,能不断吗?刚才二百多斤的同哥哥在上面摇了半天呢。我赶紧跑过去用沾满唾液的舌头舔舔妈妈的脸:"妈妈,你没事吧?你还得陪我玩呢,你要是摔坏了,我可怎么办呀?"妈妈"腾"地坐起来对我说:"大黑狗,你不要用口水对付我!"哼!还不领情,我的好心白费了。

他们又开始打羽毛球。呵呵,这也是我的最爱,我除了不

纵情奔跑

爱在家里待着,什么都爱干。他们打过来打过去,就是不给我玩,你们有本事可别掉到地上啊!掉到地上,我就不会给你们机会!我正想着呢,聪哥哥一个失误给了我一个抢断的机会,我眼见羽毛球落地,便迅速冲过去用嘴撕扯羽毛,这种玩法多有趣,我才不打着玩呢。妈妈在一旁大叫:"拉布拉多,你又在搞破坏!"聪哥哥抢过羽毛球就跑,哼,你两条腿还跑得过我四条腿?说真的,聪哥哥跑得还真快,还不时轻盈地跨过一个个障碍物,没想到他还有跨栏的本事呢!我略施小计,猛地斜插到聪哥哥前面绊他,嘿嘿,他果真中招了,他本想跳过我继续跑,没想到在空中失去了平衡,重重地摔到地上。大家笑得肚子都疼了,妈妈更是笑得眼泪都出来了。聪哥哥见跑不过我,就把球挂到一棵树上。我那叫一个气呀!明明知道我们狗不会爬树,你还这样欺负我。不过,这也难不倒我,我躬下身子,用力一蹬,身体顿时拔地而起,足足跳起了一米八。在场的每一个人都发出一声惊呼,连妈妈都说:"从来不知道珍妮还有这个本事。"别夸了,我费了这么大力气也没够到球,我那个沮丧啊!阿姨在我后面"咔嚓咔嚓"地按着快门,你们真是一点同情心也没有呀!

夕阳西下,时间在奔跑和欢笑中悄然流过,我们该回家了。我是最后一个上车的,妈妈说:"大黑狗,你要是不上车,我们就走了啊。"吓唬谁呀?你能离得开我吗?我不情愿地上车了,刚才跑得太累了,我张开大嘴呼哧呼哧地喘着粗气。"老鼠叔叔"就是好,给我开了大空调,我舒服多了,却把妈妈冻得直

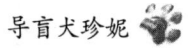

哆嗦。

今天我玩得真开心，要是每天都能这样玩就好了。

婚礼进行曲

今天，妈妈给我穿上一条红色的裙子，说要带我去参加朋友的婚礼。结婚我倒是听说过，但是从来没有参加过婚礼，那是一种什么样的场面呢？我想象不出。这时候我才发现当一只导盲犬是一件幸福的事情，如果我是一只普普通通的宠物狗，可能早被主人关在家里了，怎么可能经历这种神圣时刻呢？妈妈要带着我出席婚礼是提前和酒店联系过的，因为是包场，所以人家也就同意了。

我们到了饭店，新人还没有来。宾客们客气地打着招呼，完全忽略了我这只漂亮的导盲犬。我不干了，开始哼哼以引起大家的注意，这一招屡试不爽，大家果然都看见了"海拔"最低的我，而且抢着和我合影留念，还有人拿起桌子上的干鲜果品给我吃，妈妈赶紧说："导盲犬是不能随便喂食的。"唉！马上就到嘴边的美味被妈妈空中拦截了。

一阵鞭炮声响起，大家都呼啦啦涌出了酒店大门。一辆加长的奥迪开道，后面尾随着八辆红色的宝马浩浩荡荡而来，好不气派。奥迪车前五颜六色，花团锦簇，我一头钻进人群，想到前面看个清楚，却被妈妈一把拉了回来，我就是妈妈手里的风筝，能飞多远全由她掌控。

第四章 有家,就有爱和欢笑

新郎哥哥陪着新娘姐姐去准备了,大家各自找座位坐下。

结婚典礼开始了,当大家都翘首以待的时候,门口出现了一个巨大的热气球。我可喜欢球了,一见到圆形的东西就兴奋得想扑上去。可是这个球非同一般,那个漂亮的新娘姐姐正在球里面朝我们招手呢,像一朵圣洁的雪莲花,好新奇啊!我也想进去玩玩。

时间到了,主持人宣布全体起立,大家都从座位上站起来,我也从趴着的姿势改成站姿。妈妈偷笑,小声说:"你这个大黑狗,主持人又没有让你站起来。"哼,我也是这里的一员嘛。掌声响起,漂亮的新娘从热气球里面出来了。她和新郎哥哥互换定情礼物,幸福甜蜜的微笑洋溢在他们脸上。我好羡慕呀!这一幕也让妈妈想起了她和爸爸结婚时的场景……是啊!十七年过去了,今天,爸爸妈妈真的什么都有了,不过就是没有汽车。买汽车的钱都让妈妈捐给别人了。她总是说,把钱用在最有意义的地方。虽然爸妈没有自己的汽车,但是妈妈带我出行总是租车,一点都不吝啬,我像一个小公主被爸爸妈妈精心呵护着。我的好妈妈,我用爪子轻轻抱了妈妈一下。

这时,漂亮的哥哥姐姐来敬酒了,妈妈这桌的人都站了起来。我趁机溜了,在妈妈脚边趴得腿都麻了,我也该散散步了。我还有一个不能让妈妈知道的小企图,如果谁突发善心给我点好吃的,我绝对是来者不拒。谁说导盲犬就不能随便吃别人的东西,我也是狗呀,我也有享受美味的权利!一只捏着鸡肉的手向我伸过来,诱人的香味撩拨得我口水都快流下来了,我冲过去大嘴一张笑纳了。我凭什么不吃?又不是我抢的。

妈妈在叫我了,我不得不往回奔,可是叔叔给的鸡肉还没有嚼完呢。妈妈虽然看不见,可她的听力出奇的好,她听见了我咀嚼的声音,俯身一把抓住我的长嘴问:"你在吃什么?"继而,她扭头问旁边的杨姐姐:"谁喂珍妮吃东西了?"杨姐姐没看见刚才的情景,妈妈的嗔怒没处发泄,只好命令我继续趴在她脚边不许动。

工夫不大,又有人来给妈妈敬酒了。机会来了!我继续开溜,又去了喂我鸡肉的那个叔叔那里,他又给了我一大块牛肉。正当我甩开腮帮子大嚼的时候,一只手突然捏住了我的嘴,我斜眼一看,坏了,是杨姐姐。她把我拉到妈妈面前说:"她又去乱吃东西了,是那个人喂的。"杨姐姐这一指不要紧,妈妈的眼睛立刻瞪得溜圆,气冲冲走过去,对着那个叔叔说:"对不起,请你理解,别人是不能随便给工作犬喂食的。"叔叔的脸腾地红了,他辩解道:"如果工作犬不吃别人的东西,它自己应该拒食呀。"妈妈一愣,平静地说:"导盲犬虽然是工作犬,但本质上还是一条狗,是动物。吃肉是它的天性。希望你能尊重它,不要把它等同一条普通的狗。"说完,妈妈扭身回到座位上。我乖乖地蹲在她腿边,不敢再任性了。

妈妈摸着我的头说:"妮妮,你能吃的东西,我什么时候嫌贵没给你买?你吃的是最贵的狗粮,用的浴液五百多元一瓶,为了省钱给你花,我的演出服都从买改为租了,平时更是不买贵的衣服,可你还是到处去要吃的。人吃的东西有调料,你吃了对身体有害,我还希望你多活几年陪妈妈呢,你就这么不听话,不理解妈妈的苦心吗?"我把长嘴放在妈妈腿上,哼哼唧唧对她说:"妈妈我错了,以后我再也不这样了。"

现在我真的知道妈妈对我的良苦用心了,她都是为我好啊!

山西之行

中秋节快到了,妈妈打算带我去山西杨姐姐家玩,我高兴得满屋子撒欢,我就爱去新鲜的地方玩。妈妈说我这点特别像爸爸,他也喜欢去新地方。妈妈恰恰相反,她总是爱去老地方,可能是喜欢怀旧吧。

爸爸放假了,我们租"老鼠叔叔"的车出发了。妈妈不是大款,她平时非常节俭,但长途车不让我们导盲犬坐,妈妈想带我出去玩就只能租车了。

我们坐了七个小时,到了山西省昔阳县北边的一个小山村。这里的人都住窑洞,这是我第一次看到窑洞的样子。村子里基本上没有汽车,也没有看见自行车,所以妈妈不用像在城里那样担心我的安全,我也不用怕车碰到妈妈。杨姐姐家住在山上,依山挖了四孔窑洞,她家的院子就是人家的窑顶。住在山里的房子,真是有意思。

这里的窑洞是从山下一层一层建到山顶的,站在杨姐姐家院子里就能看见全村的风貌。这里家家户户都有果树,现在正是大枣和梨成熟的季节,处处芳香四溢,走在路上,一伸手就能摘到又甜又脆的鲜果。

导盲犬珍妮

我在窑洞前

  我穿着妈妈为我设计的红裙子,迫不及待地开始在村子里四处视察。妈妈怕村子里的狗咬我,就拿了一根长棍子在后面跟着我。确实导盲犬不会咬人,也不会咬狗。

  这里的人吃饭很有意思,他们不是围坐在桌子边,而是端着一大碗面条蹲在院子里吃,大碗随处可见,"吐噜噜"的吃面声不绝于耳,这是一道颇为壮观的独特街景,这下我可以近距离地闻闻山西的面条香了。妈妈在后面大喊:"拉布拉多,不许看人家碗里的饭。"有人说:"我这里剩下了,就给大黑狗点吃吧。"那个浓厚的山西腔和北京话一点儿也不一样。呵呵,我拉布拉多是来瞧新鲜的,可不是来乞讨的。

第四章 有家，就有爱和欢笑

　　我走了东家串西家，如果人家没有关窑洞门，我就毫不客气地不请自入了，吓得屋内人大叫："狼来了！"还有人直往炕上跑。嘿嘿，炕才多高呀，小菜一碟，我要想扑你，也只是抬抬爪子的事。什么狼啊？有我这么漂亮的狼吗？听说狼是灰色的，我可是大黑狗呀。杨姐姐赶紧跟人家解释，我是导盲犬，大家才不害怕我了。不过他们说的都是山西话，我听不懂，妈妈也听不懂，需要姐姐给我们翻译一下。

　　突然，胡同口出现一条长着细腿大爪子的大狗，姐姐告诉我不要惹他，他是主人从山上捡来的，大家都说他是狼，全村的狗都怕他。我听了有点害怕，但是已经狭路相逢了，我要是退回去不就给导盲犬丢狗脸了吗？好在有妈妈拿着长棍子在后

我和妈妈的农家乐

面保护我呢。不过妈妈的胆子我太了解了,不到要出狗命的时候,她是不敢出手的,就靠我自己了。

我旁若无"狗"大摇大摆地走过去,那只"狼"看见我先是一愣,然后就往后退。我很纳闷,我拉布拉多有那么可怕吗?可我分明看见了他眼睛里的惊恐,我顺势做出要扑上去的动作,那只"狼"扭头就跑。哈哈,我能吓跑一只比我大一倍的狗。

前面有个小水洼,我看见了自己在水中的倒影,穿着花裙子,花边像鱼鳍一样散开,看起来使我的实际身材大了足足三分之一,怪不得那条大狗怕我呢,他肯定没有看见过穿着衣服的狗。妈妈真是太有才了。

正得意间,我突然看见一只大狸花猫,我喜欢,真想跟他玩一会儿,就扑了上去,吓得大猫一溜烟爬到了树上。我想跟你玩你还不领情,"汪汪汪",我在树下一边往上蹿,一边大叫,吓得猫慌慌张张往高处爬。妈妈警告我:"珍妮,你不许欺负我的朋友。"妈妈可真逗,你叫"咪咪"就以为自己真是猫吗?

我又跑到山上,这里开满了五颜六色的野花,草丛中有体型相貌各异的昆虫,爸爸还抓到了喜欢的蝈蝈。对我来说,这一切都无比新奇。

妈妈带我来到昔阳县城。在这里,只要妈妈能去的地方,我就能去,超市、商场、饭店,都没有人阻拦我。我们还去了大寨,那是70年代全国学习的示范乡,那里也没人阻拦我这条导盲犬。我真正体会了一把出行无障碍。

第二天,妈妈带我去了左权县,那里有我的同学多多。多多也是一只黑色的拉布拉多,她在基地的时候就比较野,我们

在山野里

还打过架呢。

到了多多家,多多目不转睛地注视着我,好像从来没见过我似的。不就是我的嘴比你的长点,我的耳朵比你的大点,我的毛比你的亮点,我比你漂亮点吗?

妈妈和多多的主人聊天,我和多多也开始诉说这一年的经历。我在地上趴累了就坐在多多家的沙发上,虽然有点失礼,基地训练导盲犬的时候也是不让导盲犬上沙发的。但这不是原则性的错误,妈妈是不会批评我的。多多紧盯着我说:"你怎么能坐在人坐的地方呢?""爸爸妈妈已经把我当成孩子了,别说上沙发了,只要我愿意,上床也没问题。"多多还是看着我,我烦了,冲着多多气呼呼地哼哼。多多不干了,冲我大叫:"汪汪,你坐在我家沙发上,还不让我说话,太霸道了吧!"然后,两只前爪猛地抬起来向我扑来。谁怕谁呀?你虽然在农村历练了一年,但是你别忘了我的外号是"小泼妇""小坦克"。我站在沙发上迎战,我们从沙发上打到地上,嘴里汪汪叫,前爪用力往对方脸上抓,真是泼妇的打法,吓得妈妈脸都白了。我不想让妈妈为我担心,算了,暂且饶了她。多多的主人也及时抱开了多多。

俗话说,小孩子打架不记仇,不到十秒钟,我和多多就和好了。很多时候孩子们打完架,不愉快已经烟消云散了,他们的家长却还在打得不亦乐乎。我们的家长可不像那些人,妈妈把

真想和妈妈在这淳朴的地方相守一生

买给多多的罐头拿出来送给她,多多的爸爸送了我一大袋网球。她爸爸还把平时多多舍不得吃的零食拿出来给我们。妈妈说:"珍妮,你吃东西时要让着多多。你平时吃了好多好吃的,今天你就让多多吃多一点好吗?"我同意了。妈妈把零食抛向空中,多多总是在我前面抢,我蹲在一边看着,你吃吧,妈妈会补偿我的。

我们该走了,临走时,妈妈邀请多多和她的爸爸来北京玩。多多爸爸说:"在左权县我们真是畅通无阻,连到北京的长途车都能坐。可是到了北京出行就难了。"妈妈说她会努力让大家知道导盲犬,让大家接受导盲犬的。我邀请多多来我家做客,我给她好多好吃好玩的东西。多多也说,欢迎我明年再去。

真的难忘此次山西之行,真想在那个淳朴的地方和妈妈相守一生。

郭珍妮的幸福生活

晚上,妈妈接了一个电话,我听明白了,是师爷打来的。师爷就是爸爸的老师,他总叫我郭珍妮。明天爸爸值班,师爷要带我去顺义的湿地公园玩,妈妈听了有点紧张。上个月,妈妈组织东城区的盲人叔叔阿姨们去公园搞活动,我跳到了河里,可把妈妈吓坏了。

这次,妈妈在电话里对师爷说:"现在水凉了,珍妮要是再跳河该感冒了。"我听不到师爷在电话里说什么，赶紧把我的长嘴放在妈妈腿上，向她示意：我不跳河了，带我去吧。妈妈明白我的心思，见妈妈答应了，我高兴极了。

第二天早晨，爸爸起床要上班去，妈妈也被我叫了起来。趁着妈妈洗脸的工夫，我钻进了妈妈的被窝，还热乎呢。我喜欢在床上打滚玩。听爸爸说，人类是不横躺在床上的，也不在床上打滚，他们喜欢我可能正是因为我的很多特性和人不同吧。我就是喜欢在柔软的床上玩，更何况床上还有妈妈的味道。这时，客厅传来妈妈的喊声："珍妮，你去不去公园？"我赶紧跳下床跟着妈妈走了。其实我并不喜欢早晨去公园，妈妈总是练独轮车，让我跟着她跑步。跑步多无聊啊，我喜欢玩球。

从公园回来，妈妈开始准备出去玩要带的物品，我还是一步不落地跟着她，我怕她自己去玩，不带我。

一会儿，"老鼠叔叔"来接我们了，这是大家第一次去湿地公园，费了些力气才找到。

这个公园可大了，进去没走多远我们的车就不让进了，大家纷纷下了车，租了一辆四人骑的观光车，他们商量着把我放在哪里合适。阿姨说把我放在车筐里，她看见小孩子都能坐在里面。妈妈摸了摸说不行，地方太小。我也感觉不行，我的体重有六十斤，那车筐非让我压散架了不可。师爷说让我坐在座位上，我看行，但妈妈还是不同意，她说我好动，掉下来后果不堪设想。妈妈总是怕这怕那的，对我的安全过于担心了。姐姐把我抱上车，我坐下占了两个人的地方，大爪子还把坐垫划破了。妈妈把我放到地上说："你就在边上跟着跑吧。"我气坏了，

第四章 有家,就有爱和欢笑

我也要上车

你真的不是我亲妈,怎么这么狠呀?!妈妈看出了我的不悦,说:"你那么胖,正好减肥。"

  车子启动了,妈妈坐在后排边上拉着我的牵引链,我在车旁闷闷不乐地跟着跑。突然,我看见左边有条河,刚才的郁闷顿时一扫而光,我撒腿就向河边跑,差点把妈妈从车上拉下来。妈妈大叫一声:"你想摔死我呀!"嘿嘿,妈妈没有我力气大,我就是不想跟她一般见识,否则她根本就拉不住我。妈妈怕我再生坏主意,就坐到了后座中间,我只能围着车跑,时时刻刻都看着妈妈。尽管我此刻特别想离开她无拘无束地疯跑一会儿,但我看不见她还真不行。别看妈妈对我有时候很严厉,

143

我敢保证她是特别特别爱我的。妈妈怕我被别的车撞到,又坐到了车门边上,我抬起两个前爪抱住妈妈。妈妈大喊:"大黑狗,今天我穿的可是新裤子。"嘿嘿,"旧的不去,新的不来"嘛,有了我这个活宝,妈妈不想买新衣服也没办法了,只是爸爸费点钱而已。

"老鼠叔叔"开始加速,我也学着骏马的样子,撒腿如飞奔跑起来,大家在车上都笑我。车速放慢,我就迈着小碎步跟着。迎面来了一群人,他们说这不是虐待动物吗?我笑了,你们不知道我是导盲犬,要是知道了,拍张照片放在网上说妈妈虐待导盲犬,我敢保证,到那时妈妈比现在还出名。可那些人也不问问我,这是我愿意的,城里哪有这么多空间让我疯跑啊!如今言论自由,就总是有一些人多管闲事,不搞清楚事实就不负责任地乱说,不就是为了吸引眼球吗?正是因为一小部分人的信口开河,导致了现在的信任危机。那些闲得无聊的人总爱盯着别人找点事说,真不如跟我学学,与其有空混淆视听,还不如在广阔田野间跑跑,锻炼锻炼身体呢。

洒满阳光的路上

到了吃午饭的时间,人类每天要吃三顿饭,我们狗类每天吃两顿饭,中午只吃点零食。我们到了一个很大的农家院,有一群人在烧烤,他们认出了妈妈和我。我自豪地摇着尾巴,又找到当年风光的感觉了,出门都有人跟我打招呼。一只大红公鸡从我身前走过,我激动异常,一下子忘了导盲犬的身份,"噌"地扑了上去,大公鸡吓得惊叫着,扑棱着翅膀跑了。妈妈大叫:"拉布拉多你在干什么?"我没想干什么呀,就是想跟鸡玩一会儿!

妈妈又把我带到鱼池边,对我说:"珍妮No,珍妮No。"你不就是怕我跳进鱼池吗?我的祖先虽然吃鱼,但我对那个东西不感兴趣。再说了,鱼池那么深,我下去就上不来了,我才不去呢。

我们进了大厅,这里每一个方桌子中间都有一个大锅,真好玩。妈妈他们炖了一锅鱼,香味很快出来了,我凑上去闻着。妈妈不让我吃,只给了我一根磨牙棒。他们开始吃鱼,而我只能啃着毫无味道的磨牙棒。桌上有窝头和紫薯,妈妈拿了块紫薯,把它分成许多小块喂我吃,她怕我噎着。

妈妈吃饱后出去溜达了,回来时怀里抱着一只大黄猫。看她对猫那么亲我就来气,她怎么不抱着我呀?其实,我也想跟猫玩,可我一和猫打招呼,猫就跟我急。妈妈说猫和狗的语言是相反的,我说好话,猫却以为我骂她。真是这样的吗?妈妈把大黄猫放在窗台上,让我够不着。妈妈喂她吃鱼,我气得在地上直哼哼。那只可恶的猫吃饱了,妈妈竟然抱着她照相,我实在忍无可忍,把前爪搭在妈妈身上,我摸到了大黄猫的尾巴,吓得大黄猫直往妈妈肩膀上爬,哼,胆小鬼!

吃完饭,我们又到了湿地公园,他们开始比赛看谁把我的球扔得远,有本事你们自己捡去,还麻烦我这个勤劳的大黑狗捡球干什么呀?我帮忙捡捡球倒也没什么,可气的是他们居然嫌我跑得慢,你们也跑几个来回试试,肯定还不如我呢。

我们玩得正欢,妈妈招呼大家早点回家,看云南卫视,说有

你来扔，我去捡

我的电视片。什么时候看不好？非在我玩球的时候看，没办法。

到了家，妈妈赶紧开电视。嘿嘿，妈妈不会开，因为平常妈妈没有时间看电视，她弄了半天也不灵，还是爸爸回来才调到了云南卫视。在电视上，我看到了我的家——大连导盲犬基地，看到了我的训导师付明岩，看到了我的宿舍……

我好想回家，可是我又舍不得妈妈。随后，我看见了自己在超市选酸奶,还有妈妈给我过生日的镜头,妈妈哭了,她怕离开我。其实,我也想陪妈妈一辈子,可是我们拉布拉多的寿命只有十二年。妈妈你别伤心,我下辈子还做一只黑色拉布拉多导盲犬,继续陪在你身边,你可要记得找我哟。

我的志愿者

一天,我和妈妈正在公园玩球。一对带着一只白色雪纳瑞犬的老夫妻来和妈妈打招呼,那条雪纳瑞也跑过来和我玩,还从头到尾把我闻了个遍。他们对妈妈说:"我们从电视上看见过你,很佩服,没想到咱们是邻居。以后你有什么事情就跟我

我陪妈妈练车

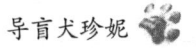

们说。我们都退休了,孩子也结婚了,平时不回来,家里就有这条狗做伴,它叫Maiko。"我自豪地摇着尾巴,妈妈是明星,我也跟着沾光了。

就这样大家成了朋友,每天早晨我领着妈妈去公园,都会看见爷爷奶奶带着Maiko,拎着妈妈的独轮车在公园等着我们。妈妈练车,爷爷跟我玩球,Maiko也成了我的粉丝。Maiko有个很不礼貌的习惯,我有点不能忍受,他每天都要在我身上闻个不停。妈妈开玩笑说:"珍妮香,珍妮是一只漂亮的大黑狗,看把Maiko迷的。"

爷爷奶奶也经常来我家串门,给爸妈做好吃的。妈妈还把家门钥匙给了爷爷,说自己不在家的时候,让爷爷来陪我。

一天,妈妈买回一个大蛋糕,我看着那叫一个馋呀。我围着蛋糕一边转,一边琢磨,谁要过生日呢?爸妈拿着蛋糕和很多食物,让我带路去Maiko家。到了Maiko家,爷爷奶奶已经做了一桌子菜,在等候我们的到来。

我和Maiko趴在桌子下也吃着零食,爸妈和爷爷奶奶吃着美味佳肴,饮着琼浆佳酿,谈笑风生。妈妈说:"今天,元元因为工作没能回来给您过生日,我们就代替您的女儿祝您生日快乐吧。"哦,原来今天是爷爷五十三岁的生日。大家都举起了酒杯。爷爷非常感动,有点哽咽地说:"真没想到我们又多了一个儿子、一个女儿。"我赶紧凑上去,还有我呢。奶奶说:"以后你们遇到什么困难我们都管,我们真没想到在电视上看见的人还能和我们成为一家人。要是早点认识就好了,我们能帮你们做很多事情。你们两个眼睛都不好,多不方便呀。"妈妈说:"我从小就没和爸妈在一起生活过,我很渴望有一个家,以后我会把你们当成亲人的。"我兴奋地围着桌子转,哈哈,我和小粉丝能成一家"狗"了。

我们是一家人

今天是周末,爸爸妈妈带我回奶奶家。

奶奶家的院子里长满了高高的草,我喜欢绿色植物,顿时玩性大发,一个鲤鱼跃龙门扑了进去。奶奶见状,立刻向妈妈告我的状,说我把白菜都弄倒了。妈妈冲出房间,扯开嗓子大吼:"大黑狗,你给我出来!"我不高兴了,我以前总在草地上奔跑,她也没说我呀,这里的草地为什么就不能跑呢?我慢吞吞出了草地,低着头不理妈妈。妈妈明白我的想法了,摸着我的脑袋说:"珍妮,这不是草,是人吃的白菜,不能进去玩。"我余怒未消,还是不理妈妈。为了哄我开心,妈妈给我削了个大苹果。吃完苹果,我又快乐如初了。

二姑对奶奶说:"珍妮是您大儿子和大儿媳妇的眼睛,您可得对她好点儿呀。"奶奶听了赶紧去街上买了油条、烧饼回来,问妈妈:"珍妮能吃这些吗?"妈妈忙说:"珍妮什么也不能吃,她吃狗粮。"然后拿起油条自己吃了起来,你是我的亲妈吗?吃完了苹果得运动运动,我开始和小叔家的啸啸玩汽车,妈妈赶紧把汽车拿起来,说:"用不了多会儿她又该把汽车咬坏了,我还要赔。"上次回来,我一高兴就把啸啸的汽车咬碎了,妈妈不提我都忘了。其实妈妈大可不必这么紧张,初次见到汽车我只是想咬开研究研究,这次就没那必要了。

二姑家的宁宁提议玩捉迷藏,大人小孩都积极响应。大叔家的超哥哥还自告奋勇提出,他来抓,大家藏。呵呵,大家一个个跑得可真快,转眼的工夫都藏好了,超哥哥开始找。可能是我黑亮的皮毛太显眼了,他没费劲就找到了我,说:"珍妮,我看见你了,出来吧。"我乖乖走出来,又带着超哥哥去找妈妈。妈妈笑着说:"大黑狗,你这个叛徒!"几轮下来,妈妈总是第一个被找到,妈妈说:"你们赖皮,不许问珍妮。"

鉴于捉迷藏违规严重,宁宁提议比赛跑步,前几天她在学校参加运动会得了第三名,她对自己的奔跑速度颇为自信。哼,真是撞到了我的枪口上,你跑得再快,能快得过我吗?

大家各就各位,只听宁宁一声令下,各个如箭在弦一般冲了出去。宁宁不愧是第三名,她马上要超过妈妈了,我大叫给妈妈加油,可宁宁还是超过了妈妈、啸啸和超哥哥。看我的吧,我两个跳跃就跑到宁宁前面了,我开始绕着她跑,让她眼花缭乱,脚步更乱。宁宁大叫:"珍妮你赖皮。"大家乐得哈哈大笑。

妈妈提议去古城探险。古城不是真的古城,就是爸爸小时候住的村庄,因为村民们在更平坦宽敞的地方盖了新房子,都搬走了,村子里就没有人住了,但是街道都是完好无损的。我们来到了古城,空旷的街上杳无人烟,寂静异常,只有一些鸟在飞来飞去打闹嬉戏。这里的植被保护得很好,浓密的枝条掩映着一座座低矮的房子,一片片空荡荡的院落,一扇扇敞开的门扉,让人感觉仿佛置身于古代的城堡中,又恍若走入了沉睡千

第四章 有家，就有爱和欢笑

相亲相爱一家人

年的楼兰古国。

　　超哥哥说这里不通电，如果在这里住就要点煤油灯了。爸爸说这个村庄不太大，村头有一口水井。二十多年前，大家都来这里挑水，每天水井边都是热闹非凡。爸爸小时候的家是三间很矮的石头房子，伸手就能触到房顶。他喜欢听蝈蝈叫，爷爷就给他编了好多个笼子。爸爸和叔叔拿着笼子一起上山捉蝈蝈。爸爸的听觉特别敏锐，他一听到蝈蝈的叫声就指挥弟弟们在草地里找，肯定能找到一个大蝈蝈。夏天，他总能养二十多笼蝈蝈，数十个小精灵齐声合唱，那叫一个壮观。

　　爸爸十三岁的时候住进了新房子，那年爷爷去世了。后来姑姑和叔叔们都没钱上学了,他们早早辍学工作,用微薄的收入一直供爸爸上完大学,爸爸是这个家唯一的大学生。听爸爸说,为了养育五个孩子,奶奶受了很多苦,还被县里评为了劳动模范。现在,五个孩子都长大了,奶奶终于熬出了头,过上了幸福的生活。

大家一边说一边走,我们走了很远很远。啸啸和宁宁都喊累,超哥哥说让我背着啸啸,我又不是马,我还累呢。超哥哥背着宁宁,敏姐姐背着啸啸,我怎么办?我横在妈妈面前,让她抱着我。妈妈明白了我的意思,嚷嚷说:"大黑狗,你有六十多斤呢,你想累死我呀!"旁边的爸爸说:"我来抱着珍妮。"还是爸爸好,有这句话我就知足了,我哪能真让您抱着走啊!即使累趴下我也要自己爬回家。

周末结束了,爸爸妈妈明天还要上班,我们恋恋不舍地离开了奶奶家。奶奶家的所有人都没有把我当成一条狗,在他们眼中,我就是爸爸妈妈的孩子,超哥哥他们也把我当成小妹妹。我喜欢这个家,在这里我和大家是平等的,我们是最亲密的亲人。

第五章　你对我的好,我全都知道

妈妈,我知道你把我当成手中的宝,你对我的好,我全都明了。

爱我的爸爸

爸爸为人很和气,脾气特别好,尤其是对妈妈和我。

我最喜欢和爸爸玩了。说到玩,爸爸确实比妈妈好玩。他总是别出心裁,经常把我的玩具放在电脑桌上,我只得爬上电脑椅,然后再上桌子。妈妈怕摔到我,一旦发现,总是及时制止。爸爸还爱从我的嘴里抢球,有时候我的牙不小心碰到爸爸的手,他就说珍妮咬人了。妈妈幸灾乐祸地回答:"狗,能不咬

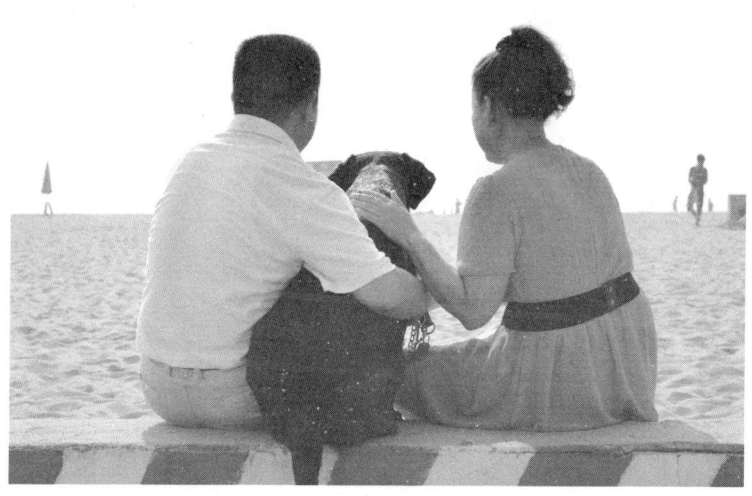

爸爸也很爱我

人吗?"有一次妈妈刚回击了爸爸,她和我玩的时候,我的牙又碰到了妈妈的手,妈妈喊痛,爸爸笑着说:"对呀,狗能不咬人吗?"就这样,我们一家三口玩得其乐融融。

就像尊重妈妈、从来不干涉妈妈的事情一样,爸爸也给我很大的自主权。玩耍的时候,他就把我的各种玩具都摆在客厅地板上,任我随心所欲地自由选择。妈妈给我买了很多玩具,有各式各样的球,有小汽车,有胶皮做的各种水果,有不倒翁,有拉力器,还有功夫熊猫。我尤其喜欢各种球类。

和爸爸拔河是我最爱玩的游戏之一,我不爱和妈妈玩拔河,她力气太小,我稍一用力就能把妈妈拉得团团转。而爸爸不同,我们势均力敌,挑战起来才更有成就感。妈妈给我买了一个拉力器,我叼着一头,爸爸拿着另一头,我用力地拉,爸爸用一只手向后拽,另外一只手摸我的头和前爪。因为常年给患者做按摩,爸爸练出了一手好力气,他吃核桃都不用锤子,用手一捏核桃就碎了。在爸爸这个大力士面前,我哪能示弱?我"呜呜"地叫着,使劲往后扯。妈妈在旁边大喊:"利利,你怎么能欺负珍妮呢?"爸爸装作很无辜的样子,说:"我可没有欺负珍妮,我们这是在比赛呢。"

爸爸的按摩技术很高,他是按摩医院小有名气的按摩医生。那些找爸爸治病的叔叔阿姨们每天早晨五点多就去医院排队挂号了,甚至要提前一周预约,才能挂到他的号。爸爸最擅长治疗中小学生近视眼,如果是假性近视,他百分之百能治好,治疗颈椎和腰椎病的技术更高。爸爸妈妈虽然看不见,但是他们都身怀绝技,我能有这样的家长当然自豪喽。

知道吗？回到家里，爸爸这个名医还会为我按摩呢。当我带妈妈走远路了，或在外面受气了，回到家里，我就郁郁寡欢，闷闷地趴在地上。爸爸就体贴地给我按摩，两只大手娴熟地为我捏背揉腿，那种感觉可舒坦了。我就惬意地闭上眼睛，舒服得都想睡觉了。不过我还是跟妈妈的感情最深了，因为我们在导盲犬基地共同训练的时候，就有生死之交了。

生的希望让给我

那还是在大连导盲犬基地共同训练的第七天，我们训练过马路。经过训练，导盲犬是可以找到斑马线，等待绿灯亮起带着盲人穿过马路的。小伟在离我们五米远的地方跟着。我带着妈妈站在路口，妈妈对我说："珍妮走吗？珍妮走吧。"这是我们的口令，意思就是过马路的主动权交给我了。我左右张望了一下，近处没有车，只有远远的一辆大卡车向这边驶来，距离还很远。这时候绿灯亮了，我们可以走了。于是，我带着妈妈往马路对面走，没想到危险即将发生了。

那辆卡车司机看见红灯，不但没有减速，反而加快速度冲了过来。旁边的路人看见这一幕，大喊："危险！快跑！"正走在路口中间的我们进退两难，妈妈不知道是该往前跑，还是往后退，一时间愣在那里了。突然间，她松开我的牵引链和犬鞍，大喊："快跑，珍妮！"卡车已经驶来了，眼看惨烈的一幕就要发生。在这刹那间，老师王庆伟向着卡车冲过去，一边跑、一边大喊停车。卡车司机猛踩一脚刹车,汽车拖着尖利刺耳的声音在离王庆伟两米远的地方停住了。小伟拍着车门大声说:"你看见盲人和导盲犬过马路,你为什么不减速,还闯红灯?"司机也吓得惊慌失措,哆哆嗦嗦地辩解:"我不知道她看不见,也不知道什么导盲犬。我想先过去所以才加速的。"

此时,妈妈顾不上和司机理论,她还沉浸在巨大的恐惧中,脸色惨白。我舔舔她的手,妈妈这才醒过神来,颤抖着抱住我:"珍妮,那一刻我以为自己的生命就要中止了,真怕你也跟着我死了。还好,我们都平安无事。"

妈妈,在最危险的时候,你把生的希望让给我,都是因为你爱我啊!

珠联璧合是"天才"

我和妈妈参加了湖北卫视大型综艺节目《我就是天才》的拍摄。我和妈妈想要通过节目比赛,给大连导盲犬培训基地一个惊喜。

我和妈妈是第二个上场的。舞台比我高多了,我是爬上台的。在大家的注视中,妈妈对我说:"珍妮找钢琴。"我就带着妈妈走到钢琴旁边。妈妈又说:"坐下,咱们给大家弹一首钢琴曲。"我顺从地坐下了,安静地欣赏优美的旋律。一曲终了,台下掌声雷动。

妈妈让我站起来带她找画画的桌子,我准确地带领她来到

在湖北卫视录节目

桌子边。妈妈说:"珍妮,咱们给大家画一幅画。"不一会儿,妈妈就画了一只猫。主持人把画举起来,台下顿时响起了热烈的掌声。我高兴极了,骄傲地竖起尾巴摇来摇去。

下一个环节是妈妈跳铃铛舞,妈妈要把三个铃铛轮番抛向空中,她听着铃铛发出的声音,依次把落下的铃铛接到手里,然后再抛。这可是妈妈的拿手节目。

我酷爱球类,只要是圆的东西我都喜欢玩。我第一次看妈妈玩铃铛时,就围着她又蹦又叫,结果妈妈一不小心铃铛掉到了地上,我跑过去一口叼住,等她从我嘴里把铃铛拿出来,铃铛已经被我咬扁了。妈妈反复和我声明:铃铛是她的玩具,不是

我和妈妈满怀期待

我的,我不能拿。可是我也想玩呀。不过后来我再没把妈妈的铃铛咬坏过,我知道妈妈是靠听声音才能接住铃铛的,如果我把铃铛咬扁了,铃铛就发不出声音,那样的话,妈妈就接不到了。

音乐响起,妈妈随着节奏陆续向空中抛铃铛,我也跟着音乐欢快地跳起来。观众的掌声淹没了我的叫声和铃铛的响声,不过妈妈每一次都准确地接住了。

评委开始评判了。台湾歌手文章叔叔对妈妈说:"你看不到这个世界,但你做出了常人都难以做到的事情,我为你感动。"文章感动得流泪了。热烈的掌声再一次响起。我在旁边也大叫了几声,那是在为我和妈妈的默契配合和精彩表演而欢呼。妈妈激动地说:"今天我能和健全人同台比赛,非常高兴。和今天这五组选手比起来,我离'天才'的名称还差很远,但我会一直努力下去。我很渴望天才奖,我也渴望那笔奖金。如果

第五章 你对我的好,我全都知道

大家多多给我投票,我的奖金就会很多,那样中国导盲犬基地的狗狗们就有好吃的了。如果我能影响更多的好心人捐款,那么,那些每天为了训练导盲犬要走十几公里的训导员们,就能多买几双结实的鞋了。"

六组选手依次上场,大家一一展示了自己的绝活,有老人跳街舞,有吞火球的,一个十二岁的男孩给我们留下的印象尤为深刻,他模仿维塔斯的海豚音,声音穿越云霄,宛如天籁,好听极了。

第一轮表演结束了,到了最终决定我们是否能留下的时刻了,妈妈的脸上流露出少有的紧张神情。她轻声和我说:"如果第一轮就被淘汰,给导盲犬基地捐款的希望就泡汤了。"我用嘴拱拱妈妈:"你会成功的。"还好,经过评委表决,我们顺利过关了。

留下的四组选手继续竞争天才奖。这时候一直在观看全场节目的神秘嘉宾出场了,如果得到他赞成的一票,得分就会翻倍。这位神秘嘉宾就是奥运会游泳冠军钱红阿姨。按照节目规则,站在台上的四组选手先要为自己拉选票,然后是观众投票,最后是神秘嘉宾投出那关键的一票。

轮到妈妈给自己拉选票了,妈妈刚说了句:"希望大家能支持我……"我就汪汪地叫开了,"天才"的名称妈妈当之无愧,天才奖金能给我那些培训基地的兄弟姐妹们买好吃的,大家可要支持我们呀!观众以热烈的掌声回应,我更加兴奋,对着观众又跳又叫。

投票结果出来了,妈妈的票数最高,四千二百票,高出第二名一千五百多票,因此,钱红阿姨的一票就至关重要了,如果她投给第二名,票数翻倍后就将超过妈妈,成为第一名。

钱红阿姨会不会把票投给妈妈呢?我和妈妈心里都特别紧张。

钱红阿姨说:"今天每个人都表现出了天才的一面,但是只能有一个天才奖,我把这一票投给会听双语的珍妮和她的主人陈燕。陈燕生下来本不是天才,她眼睛看不见,还是弱势群体,但是通过加倍的努力,她能调琴、能骑独轮车,她会跳舞、会画画,这是一个健全人也难以做到的。虽然她眼睛看不见,但她处处想着别人,我非常感动。"

最后,主持人宣布:陈燕得到天才奖,奖金再次翻倍后是一万六千八百元。妈妈感动得热泪盈眶,她哽咽着说:"我很渴望自己是天才,但每个人生下来其实都差不多,就看自己怎样努力了,我会努力一生的。我会把所有的奖金捐赠给中国导盲犬大连培训基地,以后我还会争取更多的资金捐献给基地,我希望王教授他们能给盲人培养出更多的'眼睛'。"此时,台下响起了经久不息的掌声,这掌声不仅是送给我和妈妈的,也是送给所有奉献者的。

妈妈拿到奖金后,第一时间联系我们学校,询问导盲犬培训基地的捐款账号。我自豪地翘着毛茸茸的大尾巴,领着妈妈去银行给学校汇款。我想和学校的同学们说,这笔奖金是我和妈妈通力合作、默契配合获得的,送给大家买点好吃的吧。等妈妈再带我回学校的时候,同学们肯定会对我刮目相看的。

妈妈说得对,天才不是天生的,而是要靠自己的努力和奋斗才能获得的,我要向妈妈学习!

生日快乐

人人都有自己的生日。而作为一条狗,我也有自己的生日,我的生日是7月16号。

我的一岁生日是在寄养家庭度过的,寄养爸爸给我炖了一锅牛肉,寄养妈妈送给我一个红色的棉垫子,小哥哥开车带我去星海广场玩。

我在学校度过了自己的两岁生日。快到生日的时候,老师就问我想要什么。我只想每天多和老师玩一会儿,不想被关在笼子里。我生日那天中午,老师送给我一条淡蓝色的方巾和一个大蛋糕。他把我的同学们都从笼子里面放出来,为我庆贺生日,我和罗拉、飞飞、法官、哈尼、帅帅等一字排开,老师让我们坐下,他把蛋糕摆在我们面前,还给我戴上方巾,然后开始给我唱生日歌。同学们看着蛋糕那叫一个馋呀,一个个都不安分地流口水。老师一声令下:"吃吧。"十几条狗径直向蛋糕冲去,大家各不相让。我一边大口吃,一边用爪子挡着,这是老师给我买的,你们少吃点儿。工夫不大,我们会餐完毕。老师见我们一个个都是满脸的奶油,笑得直不起腰。这好办,我们开始互相舔着对方的脸,既洗脸又解馋,两全其美。那是我第一次吃蛋糕,味道真是香甜可口啊!

而今天,是我的三岁生日。狗的三岁,相当于人的二十岁出头,正是青春年少的好时候。

妈妈为我过生日

妈妈给我穿上黄色的裙子,上面还有漂亮花边,这是妈妈特地为我设计的新衣服。我的脚上也穿上了爷爷奶奶亲手缝制的红色布鞋,大家都说太漂亮了。爸爸给我买了一个非常漂亮的狗食盆,妈妈用狗粮和狗零食给我做了特别美味的生日蛋糕。

妈妈在蛋糕上给我插了三根蜡烛,点燃后,妈妈双手合十为我祈祷,她说:"珍妮不会许愿,就让我替她许个愿吧。我知道珍妮想大连的家了,过几天我就带她回去看看。"我好高兴,终于能回家了。我抱着妈妈亲了又亲。妈妈又高兴,又感伤,轻轻地说:"真不敢想珍妮退役那天,我该怎样送她回家,我真希望珍妮能陪我一辈子……"

门铃响了,快递送来了老师寄来的生日礼物。妈妈一层层拆掉包装纸,里面是一个十分漂亮的挂坠,上面刻着我的名字、年龄和妈妈的手机号。我对那个吊坠又舔又闻。妈妈很纳闷,说:"这东西又不能吃,你怎么那么感兴趣?"突然间,妈妈仿佛明白了我的心思,眼泪一下子夺眶而出。她说:"我知道了,你是闻到了你熟悉的老师的味道。你想他,你也想自己的老家。为了我,你有了三个主人:寄养家庭、训导师和妈妈,我们是你永远也忘不了的三个人,可你又不能同时和这三个人生活在一起。对你来说,无论身在哪里,都有对另外几人的思念和不舍,而这种分离却注定要伴你一生。"我低声叫了两声,妈妈懂我。

妈妈缓缓地抚摸着我,动情地说:"我以前从来没有接触过狗,也没有体会过忠诚是什么样。自从领养了你,我才知道了

永远忘不了这三个人

狗的忠诚，知道了那种真挚的、无私的付出和爱。如果人类也能像你这样，多一些奉献，少一些计较，这个世界该是多么美好啊！珍妮，你就是我的孩子，从你身上，妈妈也学到了更多。"

我抬头看见妈妈在流泪，便用刚吃过骨头的舌头舔妈妈的脸，以示安慰。妈妈从来不让我舔她，但此时此刻，妈妈任由我用温暖柔滑的舌头给她擦着眼泪，泪水咸咸的，无声地滴在我的心头，留下百般滋味。妈妈哽咽着说："以后如果时间允许，我会经常带你回大连那个家。那里有养你长大的爸爸妈妈，还有教你本领的训导师。我小时候深刻体会过思念是什么滋味，我不会让你再受这种思念的煎熬。"

我温柔地舔舔妈妈,妈妈,别伤心,有我在你身边呢。如果你能听懂我的话,你会听到,我每天都重复对你说的三个字:我爱你。

千里"省亲"

妈妈向来说话算数,一诺千金。

为了能让我回大连的导盲犬基地看看,最近几天,妈妈一直在打电话,询问携带导盲犬乘飞机需要什么手续,但是航空公司的客服都不知道,首都机场的客服也不知道。对于带导盲犬乘机,航空公司的客服说不能太早提前买票,只能提前三天买票,而且不能在网上买,只能在西单或者国贸的售票点买。妈妈说:"打折机票都是提前预订的,这就意味着带导盲犬乘机就不能享受打折喽。而且,我们住在北五环外,离那两个地方非常远。"客服人员轻描淡写地抛出一句:"没办法,这是规定。"

自相矛盾的规定还在后面呢。我们先后到了西单和国贸的售票点,那里的工作人员却说,必须有动物检疫证明才能出票,而昌平动物检疫所却说,必须有机票才能给检疫证明盖章。弄得妈妈一头雾水,到底应该咋办呢?经过妈妈与他们再三协商,售票点的工作人员才答应先出票,等办完动物检疫,再把证明传真过去。工作人员打了好几个电话询问,一小时后我们的票终于出了。

接下来,我们又要从市中心跑到北边的昌平区,办理检疫证明。我们先到了昌平东小口街道办了动物及动物产品运载工具消毒证明,然后去昌平区办理出县境动物检疫合格证明,还要去盖航空动物防疫监督签章。妈妈问昌平动物检疫所的工作人员,航空动物防疫监督部门在哪里?对方含糊其辞,说大概在机场附近,具体他们也不知道,问机场就知道了。我们又来到首都机场,问讯处给了妈妈一个电话,可是打过去却是为出国动物办证件的地方。问讯处又给了妈妈第二个电话,妈妈打了多次,响了很久,却永远也没人接。无奈之下,妈妈只好找到了航空公司主任台,可他们也说不知道在哪里盖章。工作人员打了半天电话,才告诉妈妈在机场家属区医院附近有一个动物检疫所,在那里盖章。妈妈又问:"我们14日去大连,您能不能看看在我们的记录中是否申请了携带导盲犬?"工作人员让我们去十二号柜台询问。我和妈妈在长长的队伍里挪啊挪,好不容易靠近了柜台,工作人员的一句话简直把我们气疯了,他说:"我们只能查当天的记录。"真是白白浪费了我们一小时的时间。妈妈又急又气,无奈之下,只好牵着我,按照主任台的人说的去找机场动物检疫的地方。

好不容易找到了家属区的医院,但根本没有动物检疫的部门。妈妈问了好几个人,半小时后才找到了给人检疫的地方。我们接着找,五十分钟后找到了进口动物隔离场。妈妈问那里的工作人员:"我要带导盲犬坐飞机,是在您这里盖章吗?"他说:"一点半。"妈妈没明白什么意思,又问了一遍,他又说:"一点半。"妈妈这才反应过来,他的意思是一点半才上班。妈妈

第五章 你对我的好，我全都知道

说:"您就告诉我是不是在这里盖章,如果不是,现在离一点半还有四十分钟,我们不就白等了吗?"没想到他还是爱理不理地说一点半,难道服务窗口的态度就是这样吗? 真叫人着急又无奈。

我们又回了机场咨询,但是问谁都说不知道。到了下午五点多,我们才饿着肚子回到家。见我们回来了,爸爸就问手续办好了没有,妈妈带着哭腔说:"这年头办点事怎么这么难呀? 我跑了一天,谁也说不清到底应该怎么给珍妮办手续,手续办不了,珍妮就不能坐飞机。可我已经答应珍妮,带她回家啊!"沉默了片刻,妈妈做了一个大胆而惊人的决定,她说:"我决定租车带珍妮回家。"

妈妈一向身体不好,爸爸心里很是担心,说:"大连离北京很远的,你行吗?""寄养家庭养了珍妮一年,送回基地的时候都非常舍不得,但为了给盲人培养'眼睛',人家把自己的最爱都送出来了。和人家比,我连这一点困难都不能克服吗?"妈妈下定了决心。爸爸了解妈妈,一旦她决心已下,九头牛也拉不回来。爸爸只好默默地为妈妈收拾行李。

第二天早晨四点,爸爸就把我叫起来了。爸爸说:"珍妮,今天你妈妈要带你回大连的学校和你小时候的家,我要上班挣钱给你买好吃的,所以就不能跟你们去了。你可要把你妈妈照顾好呀,为了你,她吃什么苦都不在乎。"我舔舔爸爸,你放心吧,我会好好照顾妈妈。

五点的时候,我和妈妈准时出门了。车是租来的,司机还是我熟悉的"老鼠叔叔"。妈妈平躺在后排座上面,因为妈妈腰椎间盘突出,颈椎也先天不好,不能久坐,这次旅途对她来说是一次严峻的考验。我乖乖地卧在前后两排座之间,眼睛盯着妈妈,担心她的腰会痛。

七点多,我们到了唐山服务区,开始吃早饭,妈妈和"老鼠叔叔"吃方便面,我吃狗粮。就这样又休息了三次,中午到了辽河服务区,我们准备吃午饭,饭店的服务员拒绝我进入,理由依旧是宠物不得入内。妈妈为我的身份辩解,他们还是不让进。妈妈说:"我不可能把我的'眼睛'放在车上。"妈妈带我强行进入,毫不理会两边的服务员。

妈妈开始点菜,服务员的注意力一直在我身上。妈妈把

妈妈租车带我回家乡

黄瓜切成小段放在饭盆里端到我面前。这时,菜上来了,妈妈和"老鼠叔叔"开始吃饭。用餐期间,妈妈忽然想起没有听到我吃黄瓜的声音,她伸手一摸,我在看着黄瓜呢。妈妈这才想起忘了让我吃了。妈妈下了吃的命令,我开始狼吞虎咽起来。那些服务员都看呆了,都说我好听话呀,他们这才不拒绝我了。

北京到大连,近千里之远。一路上,我们走了十二个小时。妈妈从来没有坐汽车去过这么远的地方,为了我,她咬牙坚持下来。下车的时候,妈妈的腰疼得直不起来,双腿又麻又肿,几乎都不会走路了。我围着妈妈转来转去,又着急又担心。妈妈安慰我:"珍妮,你为我当'眼睛',我也必须为你做点什么。今天,我不远千里来到大连,就是想让你高兴呀!"在妈妈眼中,我看到了晶莹的泪滴,更看到那颗诚挚的心。我扑进妈妈怀里,好妈妈,你为我受累了!

在导盲犬基地五周年庆典上,妈妈被邀请上台,她对着所有的来宾说:"我曾答应珍妮,我会带她回大连,看她的学校、老师和寄养家庭。我很早就预订了机票,但首都机场不知道导盲犬的检疫证明在哪里办,我租车转了一天也没有结果。无奈之下,我毅然退掉机票,租了辆汽车,颠簸了十二个小时才和珍妮回到大连。首都机场可以失信于一个盲人,但我不能失信于我的眼睛珍妮……"我自豪地鸟瞰全场,几百名观众都感动地流泪了。妈妈说:"以后,我会争取多给导盲犬基地捐款,因为我已经有了'眼睛'——珍妮。到现在我还没有自己的车,我和珍妮出行都是租车的,但是如果我跟珍妮商量,咱们的钱是买车还是捐给你们学校,我想珍妮肯定会选择捐给学校。"妈妈说到这里,台下又一次响起了热烈的掌声。

我用嘴碰碰妈妈的裙子,我真是这样想的,我的好妈妈,你太伟大了。

主持人让妈妈表演个节目,妈妈笑了,说:"那就画一幅猫吧,我从小就摸猫,所以能画出自己心中的猫。现在我天天摸珍妮,在明年导盲犬基地成立六周年的时候,我会画出珍妮送给导盲犬基地,送给她的寄养家庭。"在场的所有人都被妈妈的一番话感动了,我为有这样的妈妈而自豪。

只能宠我一个

今天一大早,妈妈就说要给我一个大大的惊喜,我猜了半天也猜不到是什么惊喜。难道是给我一根肉骨头?不对,如果只是吃骨头,妈妈不会如此精心打扮自己的。可是,对我而言,除了吃还能有什么惊喜呢?

妈妈给我穿了红色的导盲服,又带上我的狗粮和食盆,我们来到北京电视台。很多人都和妈妈打招呼,而且都是我没见过的人。我喜欢没去过的地方,兴奋地东瞧西看。大家也很喜欢我,都想跟我玩,亲昵地摸我的毛,还让我跟他们握手。哼,我只听妈妈的话,她没有下命令,我才不跟你们握手呢。只有妈妈命令我握手,我才不情愿地伸出我漂亮的前爪象征性地跟人家握一下。妈妈说:"珍妮,咱们要做一个电视片,上台后你一定要听话。"

我听着妈妈的叮嘱,忽然闻到一阵熟悉的味道。我不顾妈妈的呼唤,顺着气味一路寻去。我真的不敢相信,我居然在一间休息室里看见了从千里之外赶来的老师付明岩。我扑上去,舔着他的脸问他:"你为什么不要我了?为什么不来看我?"我们的眼睛里面都闪着激动的泪光。我恍然大悟,妈妈说给我一个惊喜,原来就是与亲爱的老师重逢啊,这真是个天大的惊喜。大家看着我们亲热都非常感动,妈妈说:"是《北京客》的编导把你的老师从大连请过来的。本来编导想让你们在台上相见,没想到你的嗅觉这么灵,提前就发现这个秘密了。"

我激动地沉浸在与老师相见的喜悦中。节目开始录制了,我把妈妈领上台,并且给她找到座位,妈妈让我趴在她脚边,她开始回答主持人的问题。见没人搭理我,我开始哼哼,我也想表现一下自己嘛。妈妈小声说:"拉布拉多,你再哼哼就没有好吃的了。"我只好闭上嘴,妈妈还没有说几句话我又开始故伎重施。主持人拿出了我的食盆和狗粮,她想试一试我抗拒食物的本领。你别拿这个逗我了,有吃的为什么不吃?我又不是傻狗。但是如果妈妈不让吃,我是绝对不敢吃的。主持人让我吃,我看看食盆,又看看妈妈,没得到命令,我只能眼巴巴地看着美味,想象着它的味道。妈妈终于发话了:"吃吧。"我这才狼吞虎咽地吃起来,丝毫没有请大家一起吃的意思。

主持人提议让妈妈和我表演一个节目,妈妈想了想说:"我跟珍妮参加了湖北台《我就是天才》的比赛,我跳铃铛舞的时候,珍妮会跟着又叫又跳的,今天再试一试,看看珍妮还跳吗?"

乐曲响起,妈妈跟着节奏开始向空中抛铃铛,我一听见音乐声就兴奋,不由自主地跟着节奏跳起来。观众开始鼓掌,我更高兴了,跳得也更高了。

这时,不知是谁把一个球扔上台来,我完全忘记了是在录节目,一口叼住球满台疯跑。妈妈两手一摊说:"谁把球扔上来的?因为珍妮没有戴着导盲鞍,我可管不了她了。"我从台上跑到了台下,叼着球如入无人之境,周围掌声四起,太好玩了。妈妈索性不管我了。

在快乐的巅峰,我忽然听见了付明岩熟悉的声音:"珍妮!"声音不大,却极具穿透力。我深知付明岩的严厉,马上乖乖地停下来。

主持人把老师请上台来。老师就是老师,他可不像妈妈那样娇惯我,只要我犯了原则性的错误,他绝对不会轻饶我的。这次,老师还带来了凯瑞,一只白色的拉布拉多。我跟妈妈来北京以后,凯瑞就住在我的笼子里了。我用鼻子碰了碰凯瑞,问:"你在我的笼子里住得好吗?"凯瑞舔舔我说:"好长时间不见了,很想你呢。你在北京过得好吗?你的使用者对你怎么样?""我妈妈可好了,告诉你一个秘密,她没什么力气,我要想从她手里跑掉很容易。不像咱们的老师,如果他抓着链子,我感觉就像拴在木桩上似的。在家我说了算,爸爸妈妈都特别爱我。我给妈妈领路,妈妈带我到处去玩,可开心了。你以后可要找一个像我妈妈这样好的使用者,那样你就终生幸福了。"凯瑞叹了口气说:"我还不知道什么时候毕业呢,我真羡慕你有个好妈妈。"

节目结束后,妈妈让老师和凯瑞随我们一起回家。妈妈给老师找了一家宾馆住下。第二天,很早我就叫妈妈起床,赶快去找老师和凯瑞。我跟凯瑞说好了,要让他到我家玩呢。妈妈买了很多种早点,这是我来到这个家第一次看到妈妈早晨准备这么多好吃的。

凯瑞来了,他看见我盆里的食物就吃,毫不客气。我不愿意了,说好了我请你来玩,又不是请你来会餐的。妈妈命令我把零食分给凯瑞吃,我只好不情愿地离开食盆,让凯瑞尽情享用。妈妈看我生气了,说:"珍妮,你有很多吃的,不要太小气了,给凯瑞吃吧,吃完了妈妈再给你买。去,把你的玩具叼来给

妈妈,你只能宠我一个

凯瑞玩。"我磨叽了片刻,开始给凯瑞拿玩具。我的玩具可多了,凯瑞高兴得都不知道玩什么好了。爸爸摸着凯瑞说:"这条拉布拉多长长的腿可真漂亮。"我赶紧把我的大屁股坐到爸爸脚上:"爸爸,珍妮也很漂亮呢。我听导盲犬基地的创始人王教授说,一个家庭是不允许同时养两条导盲犬的,您只能有我一个,不能领养凯瑞,您只能喜欢我。"凯瑞瞪了我一眼,悄悄说:"小气鬼,谁想跟你做一家人呀?你在寄养家庭的时候就有了'小泼妇'的外号,我可惹不起你!"

我不爱听了,开始哼哼,妈妈赶紧把我搂进怀里说:"珍妮乖,你是咱们家唯一的宝贝,别生气了,一会儿带你去玩。"爸爸说:"你就宠着她吧。"老师也提醒妈妈,别把我宠坏了。我依偎在妈妈的臂弯里,眯起眼睛望着他们,还是妈妈好。老师跟妈妈说:"珍妮真是把你当主人了,这样好了,我看了也放心了。"爸爸催促说:"你们不是还要去看薇薇安吗?早点去吧,下午还要赶飞机呢。"我想起来了,今天老师就要回大连,我赶紧蹲到老师脚边,亲热地蹭蹭他的裤腿。

临走时,凯瑞看着满地的玩具、没吃完的美味食物,还有我善良可亲的爸爸妈妈,大有恋恋不舍之意。我赶紧跟凯瑞说:"你赶紧跟老师走吧,以后欢迎你再来我家玩。这个家是我的,爸爸妈妈也是我的,这些跟你都没有关系。这些玩具和好吃的都是妈妈给我买的,也跟你没有关系。等你毕业了找一个好主人,让你的主人给你买好吃的吧。"妈妈感觉到了我的小气,说:"珍妮要对同学大方一点,把你的零食叼来给凯瑞带着。再给他几个玩具。"我不情愿地照办了。

妈妈,我爱你一生一世

爱你一生一世

妈妈和爸爸结婚的时候,因为没钱,所以连婚纱照都没有拍,爸爸总觉得亏欠妈妈。因此,结婚几年后,日子过得宽裕些了,爸爸和妈妈才补照了人生中最重要的婚纱照。爸爸妈妈看不见,可所有看过的人都说,照片上的爸爸很帅,妈妈很美。我也是这么认为的。更让大家意想不到的是,妈妈还和我照了一次婚纱照。

那一天,妈妈带我来到婚纱摄影基地。一进大厅,就有个高个子哥哥冲妈妈大喊:"怎么带着狗来了?赶紧出去!"妈妈一愣:"交钱的时候说好了呀,我是带着导盲犬照相的。"妈妈再三强调我是导盲犬,来之前已经和店里沟通好了,但是他根本不听,强硬地说:"我们这里宠物不能入内。"他抬着那高傲的头,眼睛朝上看,也不看妈妈,更是丝毫不理会妈妈的解释。本来他就比妈妈高出一头多,还扬着头说话,妈妈只能看见他朝天的鼻孔,而我只能看见他的下巴。我非常生气,这是什么态度,凭什么用这副模样和妈妈说话!

同来照相的人都在围观,一位叔叔走近那个傲慢无礼的哥哥,小声对他嘀咕了几句,那个哥哥才走开了,走时都没拿正眼瞧妈妈一眼,更别说向妈妈道歉了。都说我们狗眼看人低,可这个哥哥做得太过分了。妈妈公司的同事从来不会这样对待客户,他们不仅技术好,服务态度更好,所以才受到客户的喜爱

我和妈妈的婚纱照

和赞赏。

好不容易,妈妈和我进了化妆间。到了这儿,我才真正见识到拍婚纱照的烦琐和复杂:先是化妆,然后选衣服,在摄影师的指挥下,摆出各种各样的Pose。一圈下来,真是折腾得疲惫不堪。

摄影师为我和妈妈照相的时候,我不看照相机的镜头,总是自觉不自觉地看着妈妈。妈妈穿上婚纱,比平日里更加好看了,像画报上的女明星一样漂亮。妈妈似乎察觉我的不耐烦和无聊,搂着我的脖子,趴在耳朵上和我说起了悄悄话:"珍妮,妈妈这是第二次拍婚纱照,上次是和你爸爸,这次是和你,你们是我生命中最重要的亲人!我爱你们!"

妈妈,我听说,婚纱照是两个人对爱的承诺和约定,爱一生,爱一世。妈妈,我也会爱你一生一世。

下辈子的约定

在妈妈看来,我就是她的孩子,她的宝贝。任何时候,她都想着我。

端午节的时候,妈妈买来红、黄、蓝、绿、紫五种颜色的彩线,精心为我编织了一条五彩绳,挂在我的脖子上。妈妈说,五彩绳象征五色龙,系上后可以降伏妖魔鬼怪。民间喜欢用五彩绳系在儿童手腕上(男左女右),俗称"长命线",以祈求压邪避毒,长命百岁。妈妈也和全天下的父母一样,希望我这个孩子

第五章 你对我的好,我全都知道

我就是妈妈的孩子

健健康康,快乐平安。

"六一"儿童节到了,妈妈说这是我的节日,带我去买了一个精美的不锈钢小杯子,这是我的第一份儿童节礼物。

12月25日是西方的圣诞节,每年圣诞节的时候,爸爸妈妈都和朋友们出去玩。但今年有了我,爸妈就推掉了一切活动,在家陪我过节。妈妈拿来一个很大的苹果,把苹果切成小块,放在一个漂亮的花边盘子里。爸爸随手拿起一块苹果,先放在了我的嘴里,苹果很甜,汁水也很多,像蜂蜜一样沁入心田。厮守在爸爸妈妈身边,享受着这种温馨而甜蜜的幸福,我真的很知足。

下辈子咱们还是一家人

妈妈摸着我的头说:"珍妮,有这样一个传说:在天堂的时候,大家都是单独存在的个体,没有家庭和亲缘之说。那里有一种果实,如果想和谁在人间成为一家人,就要找到这种果实一起吃,这样,下辈子他们就是一家人了。这种果实非常难找,谁能找到这种果实,谁就可以自主选择自己的家人,他就会是最幸福的人。这种果实就是苹果。今天,咱们一起吃一个苹果,真希望下辈子咱们还是一家人。"

我趴到妈妈身上,吻吻妈妈的耳朵,像说话似的:"妈妈,我下辈子还要做你们的孩子,永远陪在你们身边。咱们还要做一家人!"

第六章　我和你一起，呼唤爱

妈妈，我不向往门里的风景，不怕自己站在外面等你，我只怕你一个人进去后的无助和孤寂，我只是想陪你一起……

面前关上的门

今天外面阳光很好,妈妈一定也是感觉到了阳光的温度,脸上满是笑容。妈妈说想出去走走,也带我去几个我没去过的地方。我赶紧跑到妈妈身边,乖乖地套上导盲鞍,和妈妈一起出门。

我们的第一站是一家著名的美式快餐店,里面卖一些汉堡、炸鸡翅之类的食物。我带妈妈到了快餐店的门口,她推开门,我刚把头探进去,一个服务员看到我们,立刻一边摆手一边大步走了过来,停在一个她认为比较安全的距离外(我令她感到害怕吗?),对妈妈说宠物狗不能进餐厅。妈妈跟她解释,说我是她的导盲犬,并不是宠物。可是服务员不理会这些,反复要求妈妈把我留在外面,只能她自己进去。后面排队的两个中学生看不过了,气呼呼地说:"你们不让导盲犬进,真欺负人!导盲犬可爱极了,你们没看过日本电影《导盲犬小Q》吗?"可那个工作人员根本听不进去,她简直把我看成了眼中钉肉中刺,非把我撵出去不可,直往外轰我和妈妈。看那架势,好像要把我们推出去。她的一双手呼呼带风,我只感到丝丝凉意阵阵袭来。

我有点生气了,真想问她:"你有什么资格对我们这样指指点点的?'顾客就是上帝'这句话你没听说过吗?"要不是我戴着导盲鞍,我非扑上去咬她一口不可。看她那样子,真像个搞拳击的,是不是每次和顾客有分歧你都会在顾客面前练这套拳法呢!我真想冲她大吼一声。可是我上学的时候,老师教我的本领都是如何给盲人领路,没有教我打架,俺是一条有素质的导盲犬,就不跟你一般见识了。我在门口坐下来,一动不动,生怕因为我的其他动作让服务员误解,从而使她的情绪更加激动。

妈妈对那个工作人员说:"她是我的眼睛,如果你们不让导盲犬进,就等于拒绝一个盲人进来。"旁边有个男服务员帮腔说:"她是不是狗?是狗就不让进!"妈妈说:"她是狗,但是现在她在工作,就跟你一样在工作。"帮腔者哑口无言,灰溜溜地撤了。

工作人员见妈妈没有离开的意思,便给妈妈提出了三个条件:"一是如果导盲犬咬人,你要负全责。"妈妈说:"导盲犬不可能咬人,它们是经过专业训练的褪尽野性的狗。"她不理妈妈,接着说:"二是如果你们周围的客人就餐出现什么问题,我们概不负责。"妈妈说:"难道你们的食物出现质量问题也要赖狗吗?"服务员不理妈妈,固执地说下去:"三是如果有客人提意见,你们得马上离开。"妈妈真的生气了:"难道盲人就不是你们的客人吗?盲人就不是人吗?凭什么别人有意见,我们就要离开?你知道'人权'两个字是什么意思吗?在美国,导盲犬是畅通无阻的,美国还有专门的法规,如果谁拒绝了导盲犬进入,盲人就有权利起诉他。难道说,美国的企业到了中国,企业文化就变了味道?真是悲哀!"妈妈由起初的满怀希望到满腔愤怒,

第六章 我和你一起，呼唤爱

进不了联通营业厅

最后终于放弃了，带着我失望地离开了。

我领着妈妈又到了一家连锁超市，刚进门，便遭到七八个保安人员的拦截，他们对妈妈说同样的话："宠物不得入内。"当妈妈和他们说明我是导盲犬并提供证件后，保安叔叔说要和上面请示一下。妈妈站在超市门口翘首企盼领导下令放行，我乖乖地趴在地上等。这时来了一个主管，他看了看我，却说他做不了主，还要请示上面。半个多小时后，请示终于有了结果，他们表示，我还是不能带着妈妈进入这家超市，如果妈妈需要买东西，服务员可以帮忙，就不用带导盲犬了。妈妈低下头，好像在对我说，又好像是自言自语："没有珍妮的时候，我需要服务

187

进不了公园

员的帮助,可是现在有了珍妮,我还要像以前一样吗?"

眼看已经中午了,妈妈和我又累又饿又伤心,我们来到一家中餐馆,可是服务员站在门口,坚决不让我进,理由是怕别的顾客提意见。妈妈说:"如果怕影响别的顾客,我们可以进包间,不坐在大厅吃饭。"可服务员还是不让进。妈妈疑惑地问:"到底是你不让导盲犬进,还是顾客不让导盲犬进呀?"他支支吾吾地说不出话来,但就是不许进。无奈之下,我们又到旁边的一家西餐厅去试一试,可再一次被拒之门外。

这样的遭遇并不是偶然,连用妈妈的名字开的学校我都进不去。妈妈的名字是免费给高杰用的。妈妈说:"开启智教育中心的高杰不让导盲犬进,怕孩子家长有意见。"所以后来妈妈坚持义务带着我到各个幼儿园去演讲,她希望孩子们长大了不要拒绝导盲犬。

看着一扇扇门在面前打开再被关上,我和妈妈无助地站在门外,我真的很伤心。我并不向往门里面的美味佳肴、热闹繁华,我只是在帮助妈妈,在尽我的职责。打开门,真的有那么难吗?

脚下漫长的路

全社会都在提倡"绿色出行""低碳生活",在北京,首先离不开的就是各种公共交通工具。我本以为自己会很顺利带着妈妈享受这些便利的公共交通,可现实让我很是受伤。

上不了公交车

先说公交车吧。我和妈妈站在公交车站,看见妈妈拉着我,公交司机连车都不让我们上,我和妈妈只好眼巴巴地看着一辆辆公交车驶进驶出。一位好心的电车司机看着车上的人不是很多,就悄悄地对妈妈说:"上来吧,千万别声张,如果让领导知道了,我就该下岗了。"帮助导盲犬,帮助残疾人,反而要下岗?为什么会这样?

北京的地铁也不欢迎我。我带妈妈前后十一次到了地铁站,可每一次,都被安检员拦在入口外边,望着人来人往的地铁站,我非常不解,为什么不让我进呢?我是在帮妈妈,怎么反而连累了她呢?

坐不了地铁

北京电视台《超级出租车》的记者更是给我们出了个难题,他们要看我带着妈妈坐出租车。难啊!本来盲人打出租车就容易被司机拒载,何况又有了我这个大黑狗。

北京的夏天,三十六度的高温,马路上的温度更是高达四五十度。我领着妈妈在路边,妈妈一直伸着手做打车状。一辆一辆的空出租车从我们面前疾驰而过,丝毫没有停下来的意思。大大的太阳晒得我头晕眼花。记者让我和妈妈退到后边,他们伸手打车,很快一辆空车就停在记者面前。我赶快领着妈妈奔到车前,司机见状一脚油门,汽车猛地蹿了出去,丝毫没有顾及拉开车门的记者。由于车门没关他只好停下来。记者质

打不到出租车

问他为什么拒载一只导盲犬。没想到那个司机理直气壮地说："不光我拒载,别的出租车都会拒载的。你们就等着吧,我敢说没有人拉你们。"确实,他说对了。半小时过去了,真的就没有车在我们面前停下来。马路上的温度越来越高,我的爪子踩在马路上就像站在刚揭开盖子的蒸锅里,那叫一个热。记者姐姐把我们带到树荫下,但我还是热得受不了。我没有汗腺,只能靠舌头散热,满身黑色的毛更是吸热,我吐着舌头大口大口地喘气。最后,我们还是没有打到出租车,只好坐着北京电视台的"超级出租车"回家了。

刚进家门,我就四脚朝天躺在了地上。我的毛发是黑色的,容易吸热,在三十多度高温下站半小时,简直是要我的狗命嘛。妈妈也好不到哪儿去,她虽然总说自己是只生命力顽强的猫,但她从小就不会排汗,到了夏天她只能靠喝冷饮降温,否则她的心脏就跳得特别快,时间长了会晕倒的。今天在马路上等车,我已经热得眼前冒金星了,但我一定要坚持到底,否则,妈妈知道我难受也许一着急就会晕倒的,我一定要将妈妈平安带回家。

我一动不动地躺在垫子上,吃什么吐什么,喝口水都会吐出来。吐过几次以后,我是一点力气也没有了,趴在地上一动不动。妈妈吓坏了,抱着我大哭。我中暑了!这是我第一次也是唯一一次中暑,医生给我开了一大堆药,过了好几天,我才慢慢缓过来。

为什么在中国警犬和搜救犬大家都能接受,而我这个导盲犬大家就不接受呢?导盲犬也是工作犬,我和警犬、搜救犬的区别只是从事的职业不同而已,就像人们在做不同的工作一样。我什么时候能带着妈妈在北京畅通无阻？真希望那些开地铁、开公交车、开出租车的叔叔阿姨能给我机会,让他们看看我是怎样坐交通工具的,到那时他们或许就不会拒绝导盲犬乘车了。如果公共交通工具能允许我搭乘,妈妈就能省下很多打车钱,爸爸妈妈都是盲人,他们挣钱不容易啊！

谁来帮助我们

妈妈今天要带我去办乘坐飞机的手续。我简直不敢相信自己的耳朵。

上次,妈妈租车用了一天的时间,好不容易办好了动物检疫合格证明,但是在机场盖章却成了大问题,问谁都不知道,妈妈在首都机场转了好几圈,司机带着我们围着机场转了三个小时,也没找到应该在哪里盖章。最后妈妈无奈地退了机票,租车带我去了大连。倔强的妈妈认死理儿,她就不信导盲犬不能乘飞机。趁今天有时间,特地要把这个事情搞明白。

在社区动物检疫所,工作人员看了我一眼,妈妈很顺利地拿到了他们出示的证明。我们又到了他们的上级单位——区县动物卫生监督所,不可思议的事情在这里发生了——

工作人员在出具证明前要求妈妈先要提供去大连的详细地址。妈妈把寄信地址给他们了,却被告知还必须写清楚省、市、区、乡或镇、村或街道的具体名字。妈妈给大连导盲犬培训基地的工作人员打电话,他们都回答不出这个问题,说就是大连市旅顺口区旅顺南路9-32号。妈妈犯难了,连大连人都回答不出这些问题,妈妈还能问谁?她和动物卫生监督所的工作人员解释:"寄信都能收到,就这么填吧。"对方一脸善意地说:"我是为你好,如果填错了,不让你走怎么办?"妈妈辩解了几句:"中国的地名有这么规范吗?所有的地方都会明确规定到村或街道吗?如果不按照这种格式的地址填,就不让我们去了吗?"没想到对方竟然也急了:"这不能找我呀,这要找地质部门的领导,谁让他们没有把地址都编成市、区、乡、村呢?再说了,这是上面规定的,我们也没有办法。"我有点不安,这可怎么办呀?妈妈灵机一动,说:"我知道地址了,大连市旅顺口区铁杉乡医科大学村。"这叫什么地址呀?我怎么没听说过?妈妈说:"如果再因为地址不明不让我们坐飞机,我可要好好和你们理论一下了。"听妈妈这么一说,这位工作人员立刻给我们开了一张证明,殊不知,这个地址和邮编都是妈妈杜撰的,这不是逼着老实人说谎吗?

最后,这位工作人员还给了妈妈一张农业局颁发的意见反馈卡。坐进车里,妈妈拿着这张意见反馈卡对司机叔叔说:"这种形式主义的做法真是让我哭笑不得,我提了意见,那些主管部门和领导会去看吗?"司机叔叔无奈地笑了。

我们又来到首都机场寻找北京市动物卫生监督所,上次就是机场说不清这最后一个章找谁盖。机场通常会把出国动物检疫所的电话告诉咨询者,你打电话过去,得到的答复肯定是"国内不归我们管"。

这次来之前,妈妈打了几十个电话才弄明白要找北京市动物卫生监督所盖章。我们按照监督所提供的地址很顺利地找到了盖章的地方,人家为导盲犬办过乘坐飞机的证明,很容易就给我们盖了章。有人走过的路,后来人再走会很容易,第一个吃螃蟹的人可不好当呀!我猜想,可能是区县还没有为我们导盲犬办过这种手续,要不怎么这么费劲呢?其实上次我们在机场周围转,离北京市动物卫生监督所就差五十米的距离了,可我们并不知道有这么个地方。那次我们如果找到了,坐上飞机九十分钟就能到大连了,就因为没有人为我们指点迷津,结果妈妈租车颠簸了十二个小时,租车费也高于乘机费两倍,我们该找谁说理呢?

我和妈妈不怕来回地问寻、咨询,我们怕的是那些不负责任的推诿和只重形式的表面文章。空间上的距离能缩短,可人之间心与心的距离能拉得更近吗?谁能来帮助我们?

珍妮在哭泣

今天,妈妈带我要坐飞机回我的故乡——大连,本以为所有手续都准备妥当了,下午就可以抵达大连,但怎么也没有想到,出北京竟然那么难……

我们五点四十五分到首都机场,被告知飞机晚点,何时办登机牌要等通知。送我们来的飞姐姐一直在公告牌边等待消息。

七点十分左右,工作人员在公告牌上写:××航班可以办登机牌了。我们用了两分钟到了柜台,却被告知飞机已满。奇怪,能乘坐二百多人的飞机,两分钟就能办满登机牌,这种惊人的速度真是太不可思议了!妈妈到主任台要求必须登机,他们说,这个航班登机的是昨天滞留的旅客。妈妈说:"我申请了导盲犬乘机,按照你们航空公司的规定,要多安排一个安全员的,如果你们不让我这班登机,后面的事情会很麻烦。"主任台的人说:"不光是你,这一班的好多人都不能登机,我们会增加一个航班,你半小时来问一次,等通知吧。"

这样,送我们的飞姐姐就不能去上班了,因为偌大的机场不知道去哪里才能找到会帮一个盲人和一条导盲犬的工作人员。

我们等到中午,还是没有听到通知。有六名滞留旅客得知我们的遭遇后非常气愤,经过她们的再三要求,主任台终于答应让妈妈和我坐下午两点多的航班飞往大连。

当第一个吃螃蟹的人

下午一点多,航空公司的工作人员来接我们,我们第一个到达机舱门口,但是乘务长和飞机上的工作人员竟然拦着不让我们进去,理由是地面没有和他们打招呼。妈妈说:"我是按照你们航空公司的要求办的手续,是合法的。"他们还是坚决不让我们进机舱。乘务长问:"是谁办的导盲犬登机手续?我投诉他,让他降级!"我们听了很气愤,以这个理由来分析,帮助盲人的要降级,不让上飞机的就应该奖励了吧!

这时候,大量旅客开始登机了,工作人员让大家从我们旁边挤过去,完全将我们排除在外。大家都从妈妈和我身边走过,谁也不说怕我咬人了。上飞机担心我能咬人,在通道就不担心我咬人了?这样的理由多荒唐啊!

大家都上飞机了,只有妈妈和我还在外面被太阳烤着。妈妈转过身为我遮挡阳光,但我还是热得直吐舌头。妈妈向空乘人员苦苦哀求:"我可以在太阳下晒着,但是我的狗是无辜的,可不可以让她进机舱?"没想到,听了这句话,那些文质彬彬的工作人员竟然像疯了一样,有的扯妈妈,有的拉我,企图把我们强行赶下飞机悬梯。

妈妈不允许他们伤害我,她紧紧抱着我坐在机舱门口,无助地边哭边说:"珍妮不吃你们、不喝你们、不咬你们,你们为什么和一个盲人、一条狗过不去呀?你们说是为乘客考虑,可刚才所有的乘客都是从珍妮身边走过的,她咬人了吗?我申请了早上七点半的航班,你们为什么只考虑滞留旅客,却不考虑三天前就办好了所有手续的一个盲人和一条狗呢?如果因为一些情况飞机不能按时起飞,我毫无怨言,但现在不是这样的,我买了机票,很早就来了,可我申请带导盲犬的航班起飞了,是他们没有带我呀!我该去找谁呢?"我听得心都酸了,但乘务长却冷冷地说:"如果我让你上飞机,明天我就下岗了。"妈妈哭喊:"可是不让一个盲人坐她该坐的那班飞机,谁又该下岗呢?"听着妈妈哭诉这一切,一个好心的空姐给妈妈拿来了一杯水,这是妈妈今天喝的第一杯水。妈妈说:"我怕珍妮没有地方上厕所,一天没有给她吃饭喝水,我也陪着珍妮没吃没喝。她的寄养爸爸妈妈在大连机场拿着狗粮已经等了我们大半天了,想必他们和我一样焦急。"我蹲在地上用湿漉漉的舌头舔着妈妈的眼泪,不时发出"呜呜"的声音:"妈妈,你受委屈了,你别哭啊。"我真的不明白,出现这种情况,我们应该去找谁,谁又能来帮助我和妈妈?我局促不安地看着伤心哭泣的妈妈……

这时,有位乘客说:"你干什么养导盲犬呀?你养个藏獒咬他们,看他们还敢不敢这样对你!"一位工作人员提醒妈妈说:"你去补办个手续吧,下一班马上就该飞了。"妈妈说:"我们一天没吃没喝,希望早点到大连。"他说:"你到候机楼,那里给你准备了食物和水。"妈妈说:"珍妮吃狗粮。"他们说:"肯定给你准备狗粮了。""我的行李还在飞机上呢。"他们又说:"已经给你拿下去了。"说得真好听啊,其用意无非就是赶我们下去,不要影响飞机起飞。我们在主任台边徘徊了八个多小时,航空公司的工作人员在哪里?他们对一位盲人乘客提供的服务就是不闻不问,让盲人半小时到主任台问一次。水和食物在哪里?这漫长的等待都是热心的志愿者们陪我们度过的。

空乘人员看我们没有下去的意思,就来拉我。他们扯起拴在我脖子上的链子使劲地拉,把我的脖子拉得好长好痛,但我还是一动不动地蹲在妈妈面前。妈妈用手使劲向反方向拽着链子,试图让我减轻点疼痛,妈妈的表情很痛苦,我知道她好心疼好心疼我。她声嘶力竭地喊:"珍妮呀,是我对不起你,你为人类鞠躬尽瘁,可是人类就偏偏不容你……"妈妈气急交加,声音越来越小,她的头偏向一边,逐渐失去了知觉。但是她的手里面还紧紧地抓着我的链子。我吓坏了,"汪汪,汪汪"大叫:"妈妈!你可别死呀,咱们不坐飞机了,我不回家了,你醒醒呀!"机组人员把妈妈抬下飞机放在停机坪上,我眼看着他们走上飞机关上舱门,转向,加速……飞机越过我和妈妈渺小的身躯飞走了。我拼命舔着妈妈的脸,呼唤她:"好妈妈,都是因为我,我不回家了,你快醒醒吧。"救护车来了,医生从车里面探出头看看妈妈。他说:"这不是那个钢琴调律师吗?"他转头又看见了我,说:"人可以送医院,但是不能拉狗。"

经过抢救,妈妈苏醒了。两小时后,我们又来到了主任台,重新办理登机手续。他们之前承诺的有饭有水有狗粮,我们一

我们的行李不见了

样也没看见，而且我们的行李也找不到了，不知道那个乘务长下令把我们的行李箱扔到哪里去了。

晚上七点，我们终于到了大连，我的寄养爸妈在机场等了一天，还以为我们不来了，所以就回家了。他们刚到家，就接到妈妈的电话，又赶紧返回机场。

晚上，大连下起了大雨，路上堵车很厉害，他们真担心我们饿坏了，我的寄养妈妈开车，寄养爸爸下车脱了鞋，光着脚蹚水跑到机场。他的脚磨出了一个大水泡。在灯光人影中，我一眼看见被雨淋成落汤鸡似的寄养爸爸，激动地扑了上去，我满心委屈，"呜呜"地对他诉说这一天的遭遇。

第二天早晨，妈妈没有像往日那样陪我玩球，她脸色苍白，默默地躺在床上。

我们的行李还是没有找到，妈妈给那家航空公司的服务热线打了四次投诉电话，可就是没有人理我们。妈妈没办法，只能借助外力的协助了。妈妈的大部分东西都在行李箱中，其中包括电脑电源，妈妈只好托老师买来了电源，在电脑上敲出了《导盲犬珍妮在哭泣》一文，放在妈妈的博客里。

傍晚，那家航空公司的工作人员打来电话说，行李箱找到了，让妈妈去取。妈妈火冒三丈："行李是你们拒载我们的时候丢的，如果今天你们不给我送到旅顺，我就不要了，但是后果你们自负！"对方理亏心虚，晚上六点多，我们的行李终于被送还到妈妈手中。

又过了两天，北京的媒体开始关注此事。晚上十点多，妈妈接到一个电话，是那家航空公司的负责人打来的。他说刚知道这件事情,并约妈妈第二天面谈。

  第二天中午,航空公司的领导们来了。妈妈说:"我最想知道为什么我都摸到机舱门了,还是不让我们乘机?"领导们说出了一个雷人的原因:在国内,大连航空公司是最先承运导盲犬的,条件是要多安排一名安全员,后来全国的航空公司都可以提供这项服务了,但多一名安全员随行这个规定却没有推广开来。我明白了,我们应该坐的那架飞机带着滞留旅客飞了,第二班飞机是大连航空公司的,因为北京首都机场没有提前和这班航班的乘务人员沟通,所以,导致我们不能上飞机。妈妈又问:"那为什么四次投诉都没人理我?"领导解释说:"我们看见了你的投诉,但看你已经来大连了,我们想已经飞了就没事儿了,所以就没有主动和你联系。"妈妈无可奈何,说:"如果没有网络和媒体的介入,今天这件事情,我们就彻底冤了。"领导们笑而不答,很爽快地说:"提提你的要求吧。"妈妈说:"你们应该取消那些不合理的规定。"一位领导问:"什么是不合理的?"妈妈说:"如果带导盲犬,你们规定只能提前三天去固定点买飞机票。提前三天基本上就没有折扣机票了,我们盲人可不是大款,你们这个规定不合理。我回北京还要投诉首都机场地面人员是怎样托管一个残疾人的,让我过半小时去问问。如果我自己能去问,我还托管自己干什么?还有你们的服务热线,居然不知道怎样办导盲犬的乘机手续,也不知道去哪里办检疫。检疫证明是你们要的东西,你们自己都不知道去哪里办,我就更不知道了。"领导们答应回去商议,三天以后给妈妈答复。没到三天航空公司的领导们就来了,妈妈的一切条件他们都欣然接受。大家都很高兴,最重要的是他们为了我们这次遭遇,改写了他们的航空手册。后来我们成了朋友,每次出行都坐这家航空公司的飞机。如今国内已有两家航空公司能承运导盲犬了。

妈妈将航空公司赔偿的五千元捐给了我们学校。我很自豪,如果没有这次我和妈妈的遭遇,那个航空公司永远也不知道改进服务,我们真的当了第一个吃螃蟹的人了。

那些冷漠的心

俗话说,林子大了,什么鸟都有。人也一样,生活在同一个社会,总有一些人冷漠、无礼。

妈妈每天都和我在小区里玩,有好几次都碰到一只牧羊犬,他总是野蛮地抢走我的球,而他的主人不仅不管,还用嘲讽的口气说:"这狗真傻,都不知道抢球。"我很生气,有这样没素质的主人吗?难道不知道抢别人的东西是不对的吗?我是导盲犬,从小就被训导不能有攻击性。但遗憾的是,很多主人以宠物的顽劣、任性为乐,我在没教养的同类中间只能是受欺负的。更可气的是那个牧羊犬的主人还奚落我不会抢球。我可是经过严格培训的导盲犬,才不想跟他们一般见识呢。我要真的去把球抢回来,牧羊犬未必是我的对手。就是因为那条酷爱抢球的牧羊犬,如今妈妈和我只能玩矿泉水瓶子了。妈妈说:"一个球好几十元钱,让别的狗抢去怪可惜的。索性咱们玩瓶子,这东西有的是,不怕牧羊犬往自家叼。"妈妈还到户外商店买了一根登山杖,她说:"妮妮,以后再碰到欺负你的狗,我就用这根棍子打它。"妈妈太为我费心了,我扑进妈妈怀里,亲昵地蹭来蹭去。

在小区里,我最喜欢和毛毛玩,他是一条金毛犬。他也喜欢玩球,看见我追着球奔跑跳跃,他也会玩性大发,去抢我的球,但他的主人一定会及时制止。要是都像毛毛的主人这样养狗,以后狗的素质肯定会提高的。

我不在意别人嘲笑我、欺负我,可我最忍受不了的是对妈妈的伤害。

有一次遭遇让我终生难忘。我带妈妈来到离家最近的地铁站安检口,一个高高瘦瘦的女安检员拦住了我们。妈妈对她说我是导盲犬,并给她看了我的工作证,我穿的衣服上也有明显的导盲犬标志,她又不是盲人,应该一眼就能看见。可那个女安检员真是太过分了,她竟然指着不远处的一个牌子说:"去看看那里明确写着呢,第四条:宠物不能入内!"

妈妈是盲人!怎么可能看得到?!再有素养的人,也会被这粗暴的无礼激怒的!

妈妈大声对她说:"不让我们进的地方很多,我们会努力争取导盲犬的权益,但让一个盲人去看什么第四条,这不是明摆着在骂人吗?"妈妈气极了,眼睛瞪得像铜铃,虽然她看不见面前这个人冷漠的面孔。妈妈说:"我平常确实遇到过许多被别人欺负、奚落、鄙视的事情,我总是想,还是我没有本事,有本事就不会被人欺负了。今天我真是忍无可忍了!我已经告诉你了,我是盲人,你知道盲人是什么意思吗?明知道我看不见,指

导盲犬珍妮

记者采访我被地铁拒绝

着牌子让我看什么第四条,你是什么意思?今天你必须给我去念什么第四条去!"妈妈真的急了,那个自知理亏的女人想悄悄溜走,妈妈对我说一声:"珍妮跟上。"我就一步不落地跟着那个安检员。她兜了几个圈子见甩不掉我,只好乖乖地走到牌子下面念起了第四条。

我带着妈妈走出了地铁站,她站在路边听着路上车辆来来往往的声音,感受着匆匆走过的纷乱的脚步,迷茫而无助,突然,妈妈蹲下来抱着我哭了,我不知所措地看着她。妈妈说:"你也许永远也不知道我为什么伤心,为什么流泪。珍妮你不懂,你是一条狗,你永远也不知道我内心的痛苦。我刚懂事的

我和妈妈互相安慰

明天一定更美好

时候，姥姥就告诉我，你看不见这个世界，你要想在这个世界上好好生活，就必须比别人付出更多的努力。我深深记住了姥姥的话，我一直努力着走到现在，功夫不负有心人，我确实过上了幸福的生活，还成为了别人眼中的强者。但我也有脆弱的一面，我不能容忍别人的歧视、侮辱、戏弄、冷漠，就像今天这个安检员对我的态度……她明知道我是盲人还让我看，这不是和逼哑巴说话、逼瘸子走路一样残忍吗？这就是地铁公司培养出来的员工吗？"

妈妈泪水涟涟，晶莹的泪珠一滴一滴地落在地上，也落在我的心里。我心疼地用温热的舌头舔着妈妈潮湿的脸。妈妈，你别哭，为了我，又让你受委屈了。

此后，妈妈多次找地铁站的领导反映这件事情，可没有任何作用和效果。连一声"对不起"都没有听到。后来那个让盲人去看的安检员调走了，再后来站长也调走了，新来的站长一口一个我是新来的，不知道呀……我不明白，世界上为什么总有这样一些人，为什么总要伤害别人？他们的心真的比石头还硬还冷吗？

飞飞历险记

妈妈刚刚在电脑上忙活了一阵，突然跟我说："妮妮，飞飞丢了！"我吓了一跳，飞飞不是跟着他的主人朱伟成去浙江了吗？听说他们在舟山市经过媒体的宣传，现在已经畅通无阻了。妈妈说:"飞飞是今天早晨在他爸爸的按摩医院门口丢的。现在你们学校的老师已经把飞飞的照片传到微博上了,我们大家都转发呢。"当地的电视台打出字幕寻找导盲犬飞飞,交通台则发动出租车和私家车一起寻找。警察局出了六辆警车,二十多个警察,已经把周边的路口戒严了。飞飞那么聪明,怎么会跟着别人走了呢?在学校的时候,我们是一个老师训练的,还住在一间宿舍里面,平时我们一起玩,关系一直不错。妈妈还说,明年带着我去看飞飞呢,他能去哪里呢?

妈妈一直在电脑边忙着,搜索有关飞飞的最新消息,时不时地还接着电话。那是飞飞的主人朱伟成打来的。因为我和飞飞是一起毕业的,妈妈和飞飞爸爸他们又在一起共同训练了二十多天,所以妈妈和飞飞爸经常通电话,他爸爸还戏称妈妈为"组织部长",说妈妈能宣传导盲犬,也能组织大家搞活动。妈妈在电话里安慰着飞飞爸爸,说:飞飞是浙江省第一只导盲犬,浙江省又有法律承认导盲犬,保护导盲犬,政府一定会努力寻找的。

两个小时过去了,妈妈告诉我,警方已经调出了小区的录像,发现是一个穿绿色上衣、白色裤子的女士把飞飞牵走的。大家开始在网上搜索这个女人,当地交通台发出倡议:"市民朋友们,如果谁看见一个穿绿色衣服白色裤子的女士,请多看看她手里是不是牵着一只黄色拉布拉多巡回猎犬,请看见的朋友们劝告她把狗送回去,因为这不是一条普通犬,这是导盲犬,是盲人的眼睛。"当地的120急救车也听到了交通台的广播,他们给朱伟成打电话说,我们看见一只黄色的拉布拉多,我们已经把牵狗的人控制住了，你赶紧来看看是不是导盲犬飞飞吧。朱伟成满怀希望赶过去，嘴里叫着飞飞，飞飞。可那条狗没有反应，走到近前才认出来，这是他家附近的大熊，朱伟成赶紧给大熊的主人道歉。这种事情在七小时内发生了好多次，多个市民打来电话让他去辨认是不是飞飞。中午的时候，他在美国的女儿也看见了微博上寻找飞飞的消息，赶紧给爸爸打电话。

妈妈一直在转发微博，关注的网友越来越多，在七小时内网友们转发了八千三百多次。下午三点多，妈妈接到朱伟成的电话：飞飞被警察在宠物店找到了。妈妈和我都特别高兴。飞飞爸爸说：据宠物店的人交代，飞飞是被一个男士卖到这里的，他说这是自己家的宠物狗，不想养了，所以就送过来了。警察说，倒卖国家承认的导盲犬是违法的。宠物店老板连连说，我不知道这是导盲犬，要知道打死我也不敢要呀。飞飞终于回家了，听他爸爸说，飞飞身上有伤，肯定是飞飞不愿意跟着走，被那个狠心的男的打的。

妈妈跟我说，珍妮，你可别跟着陌生人走，如果在北京丢了，可能就没有找到的希望了。因为北京的法律还没有明令保护导盲犬，如果你丢了就再也找不到妈妈了。在浙江省，法律规定任何公共场合不得拒绝导盲犬入内，现在浙江省已经有了三只导盲犬，他们随着新闻媒体的宣传都基本上畅通无阻了，朱伟成还带着飞飞去杭州参加残运会，他们在杭州坐公交车、打出租车，是没有人拒载的。

我问妈妈："都是中国的导盲犬，为什么待遇就这么不一样？我什么时候才能带着你在北京的公共场所畅通无阻呢？"

妈妈没有回答我,她的大眼睛看着遥远的地方,眼神中有茫然,有期待。

导盲犬的烦恼

妈妈经常参加和盲人有关的会议或活动,这个时候,我也偶尔遇到另外的导盲犬。薇薇安就是其中一个,她比我早毕业一年,算是我的学姐了。

妈妈他们开会,我就和薇薇安聊天谈心。说起在北京的生

相信明天会更好

和支持导盲犬畅行的志愿者们在一起

活,比我早来北京一年的薇薇安感慨颇多,说导盲犬在北京真是举步维艰:薇薇安住在市内中心区,这里管得更严,任何公共场所她都不能去,每天只能陪主人上下班。英雄苦无用武之地,来北京一年,她的体重竟然长了十二斤。她感慨道:"北京虽说是中国的首都,但对导盲犬的接受程度远不如大连,咱们在大连可以畅通无阻地工作,可在北京就没有太多用武之地了。不知道什么时候北京才能像大连一样,宽容地给导盲犬一个生活空间。"

是啊!经过千辛万苦的训练,寄托了无数人的希望和厚爱,我们学到许多帮助盲人的本领,成为优秀的导盲犬,可在现实中却难以施展。世界虽大,留给我们的空间却小而又小。自从和妈妈在一起,短短的日子里,我就尝到了人间的酸甜苦辣。种种情况,和我之前所想象的大相径庭。

薇薇安说:"听我的主人说,中国无障碍保护法正在网上讨论呢,其中一条就是公共场合必须无条件接受咱们。"真的能变成现实吗?《中国残疾人保障法》第五十八条也说到导盲犬了,可是很多公共场所还是不接受我们。有法不依的事情多了,每个人都知道酒后开车违法,还危及自己和他人的生命,可酒驾的事情总是屡禁不止啊。不管怎样,社会对我们有这方面的考量,总是件好事。妈妈经常说,只有想不到的,没有做不到的。我也要像妈妈一样,努力去展示自己、证明自己,让社会更多地接受我们。

理想宣言

妈妈被北京市评为2011年自强模范,我自然也跟着高兴。作为自强模范代表,妈妈要去梅兰芳大剧院演出,我这个大黑狗也要一同前往。

这次演出是为了庆祝国际残疾人日,到场的演员自然都是残疾人了。来审核节目的是北京市残联副理事长吕争鸣,他在残疾人面前一点架子也没有,他和妈妈说话的时候自称为大哥。这次妈妈的任务就是代表自强模范发言。吕争鸣叔叔说:"我知道,你最不发愁的就是说话,今天早点回家吧。明天上午来和主持人聊一下就行了。"妈妈说："早不了呀，目前导盲犬在北京还不能乘坐公共交通工具，出租车也不拉，我只能租黑车，我经常租的那辆黑车刚好明天上午有事儿，下午我们才能来。"吕争鸣叔叔当即说："明天我派车去接你们。今天就让我的司机跟着你认认门儿，明天就好找了。"

妈妈和我说："这个理事长一诺千金，在十多年前，他给我们开会。会后他跟我聊天，说你有什么困难就告诉我，残联的领导一定会为残疾人办事的。我随口说出了你爸爸的户口一直不能跟我合户。他没有北京市居民户口，医院一直给他保留名额就是没法转正。你吕叔叔听了说：'这事就交给我吧。'当时我以为他也就随口敷衍一下罢了，哪有时间和精力去关注这点事？何况这又是他工作范围之外的事。但我没想到，他真跑到各个机关去协调，真把你爸爸的户口办妥了。他为这件事忙碌了一个月，而这件事给咱们家带来了一辈子的福音。"

第二天一大早，吕叔叔的司机就来接我们了，妈妈问："吕理怎么去呀？"司机说："他经常让我去接残疾人，至于他嘛，他自己想办法了。"妈妈非常感动，吕叔叔也是个残疾人，他可真不容易。

到了剧院，保安不让我这个导盲犬进，不论司机怎样说都不让进。妈妈问："昨天我们来彩排怎么让进呀？"保安说："昨天没有观众，今天来了那么多观众，让狗进去咬了人怎么办？"真是气死我了！想当初在大连开发区大剧院，中国残疾人艺术团演出，我们学校的好多导盲犬都到了现场，妈妈带着我也去了，怎么没听说有导盲犬咬人呀？我的同学黑黑和妞妞还上台表演呢。当时是艺术团放暑假,黑黑和妞妞就回到了大连,去了志愿者付申老师家。付申老师是我们学校老牌的志愿者了。那些志愿者们不图名不图利,几年如一日,把休息时间都奉献给了我们学校,不就是想让盲人有自己的"眼睛"吗?真不知道那些志愿者看见我这个导盲犬在北京的公共场所屡屡碰壁会有何感想?

  直到这次演出的总导演来接我们,保安才放行了。

  开始走台了,我领着妈妈走上舞台,妈妈让我坐在她身边,我偏坐在她前面,我的头还冲着她,自然屁股就冲着观众了。妈妈非让我转过来,我说:"现在没有观众,我看谁呀?一会儿正式演出的时候,我一定头对着观众。"可妈妈还是让我转过身去,我不听就往后退。没想到那个导演叔叔一边指挥一边往后退,一不小心退到我身上,他为了不踩到我身体失去了平衡,可他的一只脚还是挂到了我的牵引链上,妈妈怕他摔倒,慌忙松开了牵引链。导演叔叔一只脚蹦了几下,终于四脚朝天摔倒在台上,还把轮椅砸飞了。当时,台上台下的人全笑了,我也笑得胡子都翘起来了。我扭头看向妈妈,一向爱瞧热闹的妈妈却没笑,她赶紧给导演赔礼道歉。导演站起来,揉了揉摔痛的腰说:"没事,只要没踩到珍妮就行了。"

  下台以后,妈妈严厉地说:"我能带着你上台,已经是多方协调的结果了,你还在台上捣乱。"我懊悔地垂下头,妈妈为了宣传导盲犬压力很大,我必须以最佳表现出现在众人面前。

  演出开始了,我乖乖地趴在后台。妈妈怕我寂寞,就带着我到了侧面,在这里能看见台上的表演。妈妈循声指着台上说:"妮妮看那边,好看吗?"我舔舔妈妈,我的好妈妈,她已经把我当成人了。我看着台上大哥哥大姐姐们跳着优美的舞蹈。妈妈说他们都是聋哑人,台前有手语老师在指挥,因为他们是听不见美妙的乐曲的。

我身后一群盲人和肢残人互相搀扶着走上台去,唱起他们心中的歌。

该妈妈上场了,我摇着大尾巴迈着稳健的步伐领着妈妈上台。我带妈妈走到了舞台中心,待妈妈站定,我蹲在她腿边,面朝观众微笑着。妈妈开始发言:"非常感谢各级领导对我的支持与厚爱,使我有幸成为2011年北京自强模范。我不会辜负大家对我的期望,我会努力为残疾人事业奋斗。我领养珍妮七个

妈妈,我会和你一起努力的

月了,在这期间我给导盲犬大连培训基地捐款共计三万六千六百元,我希望他们能培养出更多盲人的'眼睛'。目前我在写我的第二本书,是关于导盲犬的书,我人生中第二个理想是,让中国人了解导盲犬、接受导盲犬。"台下响起热烈的掌声。妈妈接着说:"导盲犬能够帮助视障人士实现独立生活,与健康人共同参与社会活动,提高视障人士的生存质量。作为残疾人福利事业的重要组成部分,我真心地希望各位领导能研究出台北京关于导盲犬出行的法律,让中国的导盲犬在首都有一个合法的身份。"

主持人问:"能在这里让可爱的珍妮表演一下怎样导盲吗?"妈妈同意了,妈妈用中英文口令让我前进、左转、右转、后转。观众们看我能听懂双语,都为我鼓掌。

妈妈人生中的第一个理想是推动盲人钢琴调律的普及,现在推动导盲犬事业又成了她的第二个理想。两个理想都与盲人有关,也都浸润着妈妈真挚的爱。

妈妈,我会和你一起努力!

向梦想出发

为了让更多的人了解和接受导盲犬,妈妈始终锲而不舍地努力着。妈妈说,讲得多了,大家也就知道导盲犬了。

妈妈的活动非常多,只要有机会,她就会宣传导盲犬事业。妈妈在给一家公司做的演讲中,破例讲了三个多小时,这

《书香北京》启动仪式

是妈妈第一次在励志演讲中讲我。妈妈摸着我的大耳朵,对我说:"当大家听到你救我的故事时,都流泪了,主持人也多次落泪。给我留下印象最深的是签名售书的时候,他们没有像以前的演讲会签售那样争先恐后地找我签名,而是在座位上没有动,主持人也很纳闷,问了才知道,大家看我讲课时间太长了,怕我的身体顶不住,集体主动放弃了签名。当时,我好感动,坐在那里说:'今天我一定把大家手里的书签完再走。'会场反复播放着我唱的《隐形的翅膀》,大家排着队一个个经过我面前,他们都说,回到自己居住的城市,一定帮我宣传导盲犬,他们永远支持我。签完书的人安静地坐在座位上,默默地看着我,主持人几次宣布散会,大家都不走。我为所有的听众签完名后,拿着话筒跟大家说:'我非常感谢大家对我和珍妮的支持,我会用后半生实现让中国人知道导盲犬、接受导盲犬的理想。'大家齐声喊道:'我们永远支持你!'那一刻我泪水长流,我感受到了一股巨大的力量。珍妮,也许不用等太久,你就能在中国畅通无阻的,咱们一定要为之努力。"我用黄褐色的大眼睛看着妈妈:"你的理想一定会实现的,我一定能带着你去全国各地的。

冬天来了,春天还会远吗?

妈妈,我就是你的黑眼睛。"

妈妈还带我参加了北京电视台《书香北京》栏目组织的书友会启动仪式。在会上,妈妈应邀做了发言。

妈妈走上台,说:"非常高兴能参加书友会的启动仪式。我能来到这里也是感触颇多,在记者联系过的情况下,珍妮领着我上楼还是遭到拒绝,经多方联系,我们终于来到现场。但刚才有位女士用轻蔑的口气说:'怎么狗都进来了?'我想告诉朋友们,导盲犬是工作犬,和警犬、搜救犬是同等的,都是工作犬。他们是盲人的眼睛,请大家以宽容之心接受他们。"说完,妈妈深深地鞠了一躬,台下响起了热烈的掌声。许多朋友争先

妈妈,我就是你的黑眼睛

我领着爸爸妈妈向幸福出发

恐后和我合影留念。

　　回来后,妈妈抚摸着我光滑的黑毛说:"从今天的情况来看,大家不是不接受你,而是没有走近你。你的精彩表演赢得了大家的尊重和喜爱,这说明,只有大家看见你,才能认可你、接受你。所以,通过咱们的努力,也许几十年后,中国导盲犬会家喻户晓的。珍妮,咱们的任务艰巨呀!"

　　我的眼睛湿润了,妈妈你为我付出的太多了!

　　"妈妈答应你,我会在你有生之年尽量陪在你身边,我会珍惜和你在一起的每一天每一刻。虽然以后的路会很艰辛,但是你要记住,今天不放弃,明天一定会有希望。过几十年或几百年以后,大家翻开中国导盲犬的历史,一定会看到导盲犬珍妮和她的使用者陈燕相依相伴的故事。"妈妈深情而坚定地抱着我说。

　　抬起头,我专注地凝望着妈妈那双美丽的大眼睛,她的眼中闪烁着坚定而执着的光。我趴在妈妈肩头,妈妈抱紧我,在这个寒冷的冬季我们彼此取暖。冬天来了,春天还会远吗?感谢大家看了导盲犬珍妮和陈燕妈妈的故事,生活还在继续,珍妮和妈妈会写出更多她们的经历。珍妮的第二本自传即将出版,让我们期待再次相见!

后记　明天一定更美好

导盲犬,是发达国家改善视障人士生活质量的主要手段,它能够帮助视障人士实现独立生活,与健康人共同参与社会活动,提高视障人士的生存质量。作为残疾人福利事业的重要组成部分,导盲犬是专门针对视障人士的一项福利事业,不仅为视障人士出行带来了极大便利,增强他们参与社会生活的自信心,更好地融入社会生活,为社会创造更大的价值;同时还反映着一个国家的社会文明程度、社会公益福利事业的发展程度以及社会对残疾人和残疾人事业的关注程度。导盲犬在造福视障人士的同时,还能唤起整个社会对残疾人的关爱意识,提高社会对弱势群体和残疾人福利事业的关注程度,是构建和谐社会的重要力量。

十多年来,陈燕的钢琴行以可靠的质量、优质的服务赢得众多顾客好评,在业内小有名气。在琴行,陈燕也结识了许多朋友。如果有人到她的琴行买钢琴,陈燕一定要带珍妮去接待。陈燕想,带珍妮多去一次,就会多一些人认识珍妮、了解珍妮,从而接受导盲犬。现在,琴行不仅是陈燕主要的经济来源,也是她推动理想实现的一个小小的阵地。陈燕去钢琴客户家调钢琴的时候,通常也会带着导盲犬珍妮,她会事先征求客户的意见,如果客户实在不让带导盲犬,陈燕就把珍妮放在家里。因为陈燕总说:"我会积极义务呼吁导盲犬能够进入所有公共场合,但客户家里属于私人领地,不让导盲犬进,是很正常的。"

陈燕和她的朋友们努力了十八年,使社会接受了盲人钢琴调律,钢琴调律已经成为盲人第二条就业之路。之后,陈燕又在积极推动中国导盲犬事业,她说,如果大家接受了导盲犬,那么盲人朋友们就有希望了,他们很希望有双眼睛带领他们前进。

2012年2月,陈燕在新浪网开通了微博,名为"陈燕和她的导盲犬"。为了更好地宣传导盲犬的事情,陈燕成了一个"微博控",不仅随时写微博上传,还费力地学习转发和评论。在微博上,大家了解了导盲犬的工作,支持的人越来越多。短短两个月,微博的粉丝已经达到一万三千多人。高峰时候,陈燕的一条微博竟然被转发了一万九千多次。这不仅让陈燕看到了社会中的善与爱,更看到了坚持和信心的力量。

如今,导盲犬珍妮和她的妈妈陈燕依然生活在一起,她们每天形影不离,期间发生了许许多多的感人故事。令人欣慰的是,经过努力,北京已有许多地方允许导盲犬进入了。陈燕说:"只有走出家门,大家才能了解导盲犬。"这些年,她和珍妮走遍了全国各地,去给厂矿企业和学校做演讲,义务宣传导盲犬,最远到了西藏。珍妮是世界上到过布达拉宫的第一只导盲犬。陈燕希望更多的人看到珍妮以后,能够接受导盲犬,导盲犬在中国就更畅行了。她们依然在为争取更多的导盲犬权益而努力,我们相信,这是黎明前的曙光,是幸福的开始。

珍妮今年已经九岁了，拉布拉多犬的寿命是十二岁。珍妮老了，即将面临退役，回到大连导盲犬基地。可是，她和陈燕生死相依了七年，情同母女，她们能分开吗？目前，陈燕正在给珍妮写第二本自传，作为珍妮的退役留念，敬请期待！而陈燕也在刚刚录制完的中央电视台《挑战不可能》第三季"中德声呐人挑战赛"中宣布：将本书稿费一半捐给大连导盲犬基地，一半留给珍妮养老。

陈燕和珍妮，更多感人故事还在继续……

珍妮粉丝团
2017年9月16日